新潮文庫

つやのよる

井上荒野著

目次

つやのよる

I

艶《つや》の従兄《いとこ》の妻、石田環希《たまき》（51歳）

I

　環希は振り向いて夫を見た。それから、しばし、そうした理由を考えた。

　夫の行彦《ゆきひこ》は電話をしている。彼が電話を取ったとき、最初に発した声の調子が、環希を振り向かせたに違いなかった。といっても、とくに普段と違う言葉で応答したというわけではない。たぶん「はい」とか「ああ」とか――実際のところ、はっきり覚えてさえいない。

　電話の相手が誰だかは、わからない。はい……はい……うん……ああ……そうか……うん。夫の応対には、相手を特定できるような特徴がない。特徴がないところが、特徴といえるのかもしれない。見知らぬ相手ではないだろう。といって親密でもないようだ。

行彦はリビングにいて、庭に面したガラス戸に向かって立っている。ファクスとプリンタとコピーを兼ねた大きな電話機は二階の彼の仕事部屋にあって、その子機で話しているのだった。チノ・パンツに白いTシャツ、その上にグレイのカーディガン。今日は休日だからしどけない格好をしている。もっとも五年前、五十歳になったばかりで早期退職して以来、彼は毎日家にいるわけだけれど、それでも休日には普段と微妙に雰囲気が変わる。

電話が鳴ったとき行彦は、テラスのプランターで咲きかけているチューリップを見ていた。壁掛け式の充電器に差してある子機には彼のほうが近かったから、彼が取った。環希は朝食のあと飲んだお茶の湯呑《ゆの》みを、ちょうど洗い終わったところだった。それで、今はダイニングの椅子《いす》に掛けている。

私、何をしようとしてたんだっけ。環希はそう考えながら、テーブルの端の、胃腸薬やふりかけや食べかけのクッキーの袋などが放り込んであるカゴに手を伸ばして、マニキュアを取り出した。ラズベリー色のそのマニキュアは、美容院でめくった婦人雑誌でモデルが黒い服に合わせているのを見て素敵だと思い、帰りに買ったが、一度も試さないままひと月近くが経《た》っていた。ほとんど上の空で、刷毛《はけ》を瓶の縁でしごいてマニキュア液の量を調節し、左手の親指に塗ったところで、行彦は電話を終えた。それで環希は刷毛を瓶に戻して、ただ一枚、鮮やかな赤色に染まった爪《つめ》にフゥフゥと息を吹きかけた。夫を振り向かせたのは、その動作であったようにも思えた。

「叔母から」

だが行彦は、まるで環希が何か質問したかのように、唐突にそう言った。ほら、親《お》父《じ》の七回忌のときに、向こう側のテーブルの左側にいた……。

ああ、あの方ねと環希は頷《うなず》きはしたけれど、電話はその人からのものだった、と夫が説明しているのだということが、しばらくの間ぴんと来なかった。

「親戚《しんせき》の人が、死にかけてるらしいんだ」

「親戚の人？」

ちょっと妙な言いかたねと思いながら、環希は夫が言葉を継ぐのを待った。

「環希よりすこし下くらいの……父方のいとこなんだけど」

「ご病気なの？」

「うん。痛み止めのモルヒネを打っていて、意識はもうほとんどないらしい。もう少し早く知らせてくれたら、見舞いにも行ったんだけど……」

「どちらなの？」

「今は、O島だそうだ」

「O島……」

環希は曖昧《あいまい》に頷いた。家から歩いていける距離にローカルな飛行場があって、O島なら、そこから飛べる。だが、行彦とそのいとこの間にどれほどのかかわりがあったのか、いとことは女なのか男なのかもわからなかった。

「男の方？　女の方？」

それで、とりあえずそう聞くと、行彦はほっとしたように、女、と答えた。

「艶《つや》っていうんだ。艶は、色艶の艶」

「素敵な名前ね」

「うん……まあね」

間ができた。次に何を言えばいいのか、環希は思いつかなかった。——と、行彦が、うわ、というような声を上げた。

「びっくりした。血が出てるのかと思ったよ」

マニキュアなんだね。行彦は言った。そう、マニキュアなのよ。それが正しい答えであることにほっとしながら、環希は言った。

たしかどこかにあったはずの除光液を探し出すのに、三十分近くかかってしまった（結局、収納庫にストックしてある詰め替え用の洗剤の陰で見つけた）。そのうえ赤いマニキュアは落ちにくく、甘皮や爪の裏側に色が残って、それこそ血が滲《にじ》んでいるように見えるのが気になって、環希は何枚もコットンを使った。

「おーい、出かけるぞ」

ろくに化粧もしないうちに、階下から夫の声がして――すでに玄関にいるらしい――、慌《あわ》てて口紅だけ引いて階段を下りた。

隣町の住宅街の一角に、馴《な》染《じ》みのレストランがある。よほど暑かったり、大雨だったりという日以外は、土曜日の昼食はそこでとるのが習慣になっている。川沿いの道と公園を通って、徒歩三十分ほどの距離なので、軽い運動のつもりもある。

前日は雨で、遊歩道はまだしっとりと濡《ぬ》れていた。花畳を踏んで二人は歩いた。今日は薄曇りだが、間もなく日が差してきそうな気配がある。

ウォーキングシューズの紐《ひも》が緩んで、環希は歩みを止めた。行彦はひとりどんどん行ってしまう。言葉を交わしていないときには、環希が一緒にいることを忘れ果ててしまうようなところがあった。ターミナルの雑踏の中で夫の足取りに追いつけず、構内放送で呼び出してもらったことすらある。

夫を薄情だと思い悲しくなったり腹を立てたりしたのは結婚して数年の間だけで、行彦がそんなふうに平気で無関心になれることを、今は環希はむしろ好ましく感じる。環希の存在の代わりにときどき彼の頭の中を占めるらしいものを、愛《いと》おしいとまでは言えないにしても、何か行彦が飼っている小さな猫のようにも思う。

実際のところ今だって、紐を結び直すためではなく、こんなふうに夫の背中を眺めるために足を止めたのかもしれない。「猫」は必要なものだし、たぶん、自分の中にもいるのだろう。いずれにしても見晴らしのいい一本道ではぐれる筈《はず》もない。追いついて軽く——まるで、ずっと彼の横を歩いていたかのように——腕に触れると、行彦は少し照れて、ふざけた仕種《しぐさ》で、環希の腰を触り返した。

レストランには池谷《いけたに》夫妻がもう来ていた。夫人の玲子《れいこ》が環希の、そしてかつては行彦の同僚だったという付き合いで、夫妻の家は、レストランを挟んで環希たちの家のちょうど反対側にある。広い庭があるほかは何の変哲もない古びた一軒家の、表札の下の小さな店名を見つけたのは池谷夫妻で、誘われて何度か食事を共にするうち、とくに約束はしなくても、土曜日の昼は二組の夫婦がこの店で落ち合うのが決まりごとのようになった。

「今日は、こっちでどうかしら？　まだ少し寒いかしら？」

庭にひとつだけしつらえられたテーブル席に、池谷夫妻は着いていた。寒くはなかったがベンチの上に濡れた落ち葉が貼《は》りついていて、環希はハンカチで座面を拭《ぬぐ》ってから座った。玲子の前には、きれいなルビー色の飲みものが置いてある。

「ベルギーの、サクランボのビールなんですって。おいしいわよ」

それで、環希と行彦も同じものを注文した。テーブルに並んだベルギービールのグラスが三つきりなのは、池谷氏がアルコールをまったく受付けない体質だからだ。よかったら、僕のも味見してみる？　と池谷氏は笑いながらミネラルウォーターのグラスを掲げてみせた。

店主がやってきて今日のメニューの説明をした。店主のほかは、その妻とおぼしきウェイトレスだけの店なのだった。いつもたいていはそうである通り、室内のほうにも客の気配はなかった。メニューが昼も夜もお任せのコース一種類しかないことや、その値段が場所柄にしては高めであるせいかもしれない。

「私たち、ボランティアみたいね」

前菜の鯛《たい》のカルパッチョの皿から、桜の葉の塩漬けをつまみ上げながら、玲子が囁《ささや》いた。目も唇も体格も大きくて、襟のくれた赤いワンピースがよく似合う。

「ボランティアってことないだろう。金を払ったぶんは食ってるんだから」

池谷氏の横幅は玲子の半分ほどしかない。背が高くて科学者のイメージがあるが、実際には広告代理店の役員である。

「でも、この店の存続は、僕らにかかっているかもしれないね」

行彦が言う。優男《やさおとこ》ふうの見た目だが、裸になれば意外にしっかりした筋肉——高校時代、ラグビー部だった頃の名残りだというのは驚くべきことだ——がついていて、そのことは環希のひそかな自慢でもある。

「経済的にというんじゃなくて、モチベーションとしてね」

玲子が言い、

「そうねえ」

と環希は相槌《あいづち》だけ返して、随所に手仕事の工夫が窺《うかが》える、どこか垢抜《あかぬ》けない敷地内を見渡した。


料理が出てくるスピードが遅いこともあって、いつも二時間近い昼食になるのだが、この日はとりわけゆっくりだった。

次の皿が運ばれてきたときに、まだ前の料理を食べ終わっていないということもしばしばあって、それはいつもよりアルコールを摂《と》ったせいだろうと環希は思った。

ベルギービールのせいだろう。いつもなら、食事の最初からワインを飲む。料理に合わせて、グラスワインの白、赤を二杯ずつくらい。環希と行彦二人だけの食事だったらもっと飲むのだが、池谷氏は飲めないし、玲子もさほど強くはないからだ。

でも今日は、ビールを大きなグラスで一杯ずつ、白ワインを一杯ずつ飲み、そのあと飲んだ赤ワインがおいしかったから、結局フルボトルで頼んだのだった。家に帰り着いたときはもう午後四時に近かった。

軽い酔いを醒《さ》ますために、環希は濃い緑茶を淹《い》れた。

「玲子もずいぶん飲んでたわねえ」

湯呑みを行彦に渡しながらそう言ったとき、自分が言いたいこととはべつのことを言っている、という感覚が微《かす》かにあった。

「酔っぱらうと彼女は身振りが大きくなるな」

だが、行彦が答えると、それはまったく自分が聞きたかった答えだという気持ちにもなる。

「鯛はおいしかったわね」

「うん……でも俺は、豚がだめだった」

「仔豚《こぶた》だったからでしょう」

「説明が詳しいのも良し悪《よあ》しだよな。〃まだ身が柔らかい子供の豚を〃なんてさ。あれで、一気にがっくりきてしまった」

行彦は困ったようにちょっと笑い、こんなとき、こんなふうに微笑《ほほえ》んでみせるのはこの人の美点だわ、と環希は考えた。今、目の前にいるわけではないレストランのシェフ、それに仔豚のことさえ、気遣わずにはいられないのだ。

「晩ご飯、どうしましょうか」

「茶漬けとかにゅうめんとか、そんなもんでいいなあ。もう食べなくてもいいくらいだ」

「お腹《なか》が空《す》いてから考えましょうか」

ビールが効いたわね、と環希は言った——いや、言わなかった。その言葉が頭に浮かんだとき、最初に言いたかったことについてまた考えはじめて、そうするうちに、電話のベルが鳴り出した。

行彦がさっと環希を見た。自分が立つべきか環希に任せるべきか考えているような——あるいは、電話を取るべきか取らざるべきか迷っているようにも見える表情で。

結局、行彦は立ち上がってリビングへ行き、子機を取った。

はい……はい……そうです。えっ？　ほんとに？　はい……はい……ええ、ありがとうございます。

はじめ緊張していた行彦の声は突然ほぐれて、それから喜びに膨らんでいく。電話を切ると晴れやかな笑顔を環希に向けて、

「候補になったよ」

と言った。

2

環希と同じ出版社に勤めていた頃から、行彦は文章を書いていた。一冊目の本を出したときも、まだ二足のわらじだった。それは伝単（戦時中にアメリカ軍が投下したビラ）についての本で、増刷するほどは売れなかったが、結構な数の雑誌や新聞に、好意的な書評が載った。その評を見て数十年ぶりで連絡してきた古い知人たちの何人かが、「これを機に会社を辞めて、執筆に専念したらどうですか」というようなことを言ったが、行彦は笑って――ときにあとで、彼らの無邪気さや無責任さに微かに苛立《いらだ》ちながら――受け流すだけだった。

もちろん環希も、夫と同様の考えだった。よしんば行彦の文筆業が頓挫《とんざ》したとして、子供もいないし、環希一人の収入だけで生活していけるに違いなかったが、そのような立場を行彦が望んでいないことはよくわかっていたから。それからしばらくして、べつの出版社から――一冊目の版元は自社だった――依頼が来て、行彦は二冊目の準備をはじめたが、そのときもまだ、会社を辞めることを二人は相談すらしなかった。だが結局は、その本を書きはじめた時期に、行彦は退職した。社内の仕事でちょっとしたトラブルに巻き込まれ、行彦のリタイアが、解決策のひとつとなったから。

行彦にしてみれば、辞めたくて辞めたという事情ではなかったのだから、不安は大きかっただろう。退職してしばらくは、ふんだんな時間に押しつぶされたような様子になって、筆はいっこうに進まなかった。それが昨年とうとう書き上がり、無事に出版されて、そのうえエッセイの分野ではいちばんといっていい大きな賞にノミネートされたのだから、格別に嬉《うれ》しいことだろう、と環希は思う。

「まだ、ひみつにしておいたほうがいいな」

行彦がそう言ったのは、ノミネートを知らされた翌週の半ばだった。

朝。出勤前の環希とともにコーヒーを飲んでいたのだが、それはめずらしいことだった。平日、行彦は夜中に執筆し、明け方から昼近くまで眠るのがこのところの習慣になっていたから。寝室に来なかったから、昨夜は一睡もしていないか――でなければ、仕事場の長椅子《ながいす》で寝たのだろう。

「ひみつって？　何を？」

「ノミネートのこと」

きまり悪そうに行彦がそう言ったので、環希は少し笑った。ひみつって？　と聞き返したときの自分の口調が含んでいた緊張に、自分で呆《あき》れたのだ。

「どうして？　どっちみち、もうみんな知ってるんじゃないかしら。新聞にも載ったもの」

「いや、だから、向こうから言われるまでは、こちらから言うのはよそう、ということだよ」

「奥床しく？」

「そう、奥床しく」

行彦もようやく笑って、環希の皿の上のクロワッサンをすこしちぎった。

でも、環希は言ってしまった。それもその日のうちに、玲子に。

出社すると、ノミネートのことを話題にする人は誰もいなくて、環希は胸のうちで苦笑したのだが、夕方までには自分でもほとんど忘れていた。夜に持ち越す仕事も、会食の予定もない日だったので、帰り支度をしているところに内線が鳴って、玲子から食事に誘われたのだった。

今夜は池谷氏と二人で外食するつもりだったのだが、彼に急な仕事が入って、行けなくなった。最近話題のイタリアンレストランを、伝手《つて》を使って予約していたので、キャンセルするのはもったいない、よかったら付き合ってほしい、という事情だった。もちろん付き合うわと環希は答えて、行彦に一人で夕食を済ませてくれるように連絡した。

古い倉庫を改築した店だった。一階がウェイティング・バーで、二階が客席、三階は、玲子によれば、二人連れのためのプライベートな個室になっているらしい。

そのような設《しつら》えを見て環希が思い出したのは週末に行く住宅街の中のレストランだったが、店の印象は実際にはまったく違うものだった。懐《なつ》かしく、うらぶれた感じさえある店内の雰囲気と、モダンな家具と、アンティークの雑貨が、隙《すき》なく調和している。

案内されたテーブルの横にはドーム型の窓が刳《く》り貫《ぬ》かれていたが、そのガラスの向こうを這《は》う蔦《つた》の葉の枝ぶりまで、誰かが毎日細心に整えているのではないか、と思わせられるほどだった。若いけれどもひどく老成した感じのするウェイターが、滑るように給仕する料理にも、環希はたいそう感心した。

「池谷さんは悔しがってたんじゃない？　彼が好きそうなお店だもの……」

環希は言った。猪肉《ししにく》のラグーを絡《から》めたフェトチーネは、どこか和食に通じる味がする。

「いいのよ。急な打ち合わせが入ったなんて嘘《うそ》だもの」

玲子は彼女が選んだ空豆のニョッキをスプーンで無雑作に掬《すく》うと、環希の皿に移した。

「えっ？」

「嘘っていうのは言いすぎだけど。でも、今日でなくてもよかった打ち合わせを、あの人、わざわざ入れたんじゃないかって思うのよ」

「まさか……」

「まあ、たしかじゃないけど。あの人ね、こわがっているの。この頃私、前よりもお酒を飲むでしょう？　それで、酔っぱらわれるのが、いやみたい」

この前の土曜日もあのあと、家に帰って、暴言を吐いたらしくて……私には、そんなひどいことを言った記憶はないんだけど、飲まない人からそうだったと言われれば、反論もできなくてね。玲子はニョッキをぱくぱく食べながら、説明した。

実際その日も、玲子は環希とほとんど同じだけのワインを飲んで、すでに酔いはじめているようだった。ようするに今の発言も「暴言」ということなのかもしれないわね、と環希は考えてみる。池谷氏と玲子はともにおいしいもの好きで、あちこちの店を食べ歩いているが、それは環希から見れば、夫婦で頻繁にデートしているということで、呆れもし、羨《うらや》ましくも思っていた。一人息子が地方の獣医大学に入って家を出てから、二人はまったく恋人時代に戻ったようにも見えていたのだ。

メインの羊には緑色の、強い芳香のするソースが添えられていた。

「飲まないのが自分一人になっちゃって、池谷さん、きっと寂しいのよ」

環希は言った。すると玲子は、

「たぶんね」

とあっさり頷《うなず》いた。

言うだけ言って、もうどうでもよくなってるんだわ。本当にこの人、着々と酔っ払いになっているわね。環希はそう思い、池谷氏にちょっと同情し、そうしたら、行彦のことを言わなければいけないいいような気持ちになったのだった。

「うちの人の本、S賞の候補になったのよ」

「あら、ほんと？　すばらしいじゃない」

一瞬、きょとんとした玲子の顔を見てはじめて、ひどく唐突な発言だったこと、自慢気に聞こえてしまうかもしれないことに気がついた。

「……でも、あの人には言わないでね」

急いでそう続けると、

「どういう意味？」

と玲子は眉《まゆ》をひそめた。

「ああ……つまり、候補のこと、私から聞いたって、あの人には黙っていてねという意味。自分から言いふらすのは、体裁が悪いと思っているのよ。ひみつにしておこうと言われているの」

なるほどね、と玲子は頷いてから、くすっと笑った。

「じゃあ、だめじゃないの、言っちゃったら」

「そうよね」

環希もくすくす笑いながら、実際のところ、自分がこの「ひみつ」を打ち明けたのは、自慢などとはまったくべつの――むしろ逆の、玲子が話してくれたこととバランスを取るための、「お返し」のような気分からであることに気がついた。

十一時過ぎ、帰宅すると、家の中はしんとしていた。

玄関も、部屋も、電気は点《つ》いたままだ。仕事をしていれば物音を聞きつけて降りてくるだろうし、行彦は眠っているのだろう。そう考えながら、環希は何となく部屋の中を見渡した。こんなふうに煌々《こうこう》と明るくて、なのに誰もいない部屋というのは奇妙な感じがした。ずっと眺めていると、眺められているのは自分であるような気がしてくる。部屋の隅にいる誰かから——でも誰から？

キッチンで水を飲んでから洗面所へ行き、風呂《ふろ》の追《お》い焚《だ》きボタンを押して、クレンジングで化粧を落としているところに、階段を下りる足音が聞こえてきた。

「寝てたの？」

鏡に映った行彦に向かって、環希のほうが先に言った。行彦は微笑み、環希はオイルでてかてかした自分の顔が恥ずかしくなる。

「結構、飲んだみたいだね」

「そうでもないけど……」

「ドッタンバッタン、すごい音を立てるから、何事かと思って降りてきたんだ」

「嘘ばっかり」

環希がうしろに倒れるようにして肩をぶつけると、行彦は受け止めて、そのまま体をくっつけてきた。彼が環希の肩の上に顔をのせると、二人の顔は鏡の中でサボテンの瘤《こぶ》みたいに見える。

「おいしかった？」

「とっても。今度二人で行きましょう……でなければ池谷さんと玲子を誘って、四人で」

「そういえば池谷氏から電話があったよ。ノミネートのこと、知っていた」

環希はどきっとしたが、池谷氏は新聞でそのことを知った誰かから知らされたのだそうだ。行彦がすぐにそう説明したことを、微《かす》かに不自然に感じもしながら、環希はべつのことのほうが気になった。

「電話って、いつ？」

「夜。何時頃だったかな、ちょうど君らが食ってる頃だよ」

「池谷さん、会社にいたのかしら」

「さあ……携帯からではなかったけど。なんで？」

「ううん。なんとなく」

池谷氏が打ち合わせをしていたのなら、その相手の前で行彦に電話をするだろうか、と環希は考えたのだった。でも、もしかしたらその人から行彦のノミネートのことを聞いたのかもしれないし、打ち合わせは思ったより早く終わったのかもしれない。そのどちらでもないとしても、きっとたいしたことではないし、たいしたことであったとしても、私が気に病むことではない。

いずれにしても行彦は何も気づいていないようだった。しかし何かを刺激されたようでもあり、いっそう体を密着させると、

「もう腹いっぱい？」

と囁《ささや》いた。

3

いつもは閑散としている飛行場に、その日は驚くほどの人が集まっていた。「飛行場祭り」というものが毎年行われていることを知ってはいても、実際に来てみたのははじめてだった。家からの距離は近いが、駅や日常的に利用するスーパーマーケットは反対側にあるので、普段、前を通るのは、車に乗って隣駅へ食事に行くときくらいだ。

その朝、俄拵《にわかごしら》えのブラスバンドが演奏しているような、調子外れのマーチが風に乗って聞こえてきたとき、ちょっと行ってみようか、と言い出したのは行彦だった。連休の初日。休みが明けて数日後に、賞の選考会が控えているから、夫はきっと落ち着かないのだろうと環希は思った。昼食を会場で食べることにして、二人ぶらぶらと出かけてきた。

離島へ行く便が出るだけのローカルな飛行場とはいっても、その敷地はじゅうぶんに広い。広すぎて、屋台や催し物の数が寂しく感じられる。焼きそば、豚汁、水餃子《スイギョウザ》。古着や瀬戸物を雑然と並べたフリーマーケットふうの一角。プロではなく、急きょ駆り出されたように見える人たちが、心なし照れたような表情で商う合間を、ぞろぞろと歩いていく人たちもどこか当惑気な顔をしている。

「さて、何を食うかな」

行彦は悪戯《いたずら》っぽい顔で環希を見た。さしたる期待はしていなかったにしても、こうまで食指が動かされないことは予想外だったのだろう。一周りしたら、いつもの店に行こうか。苦笑しながら、きっとそう言うだろう。

そう思いながら環希は、そうねえ、と曖昧《あいまい》に答えただけだった。どこかよそへ行きましょうという言葉を、たぶん夫も待っているのだろうと考えながら、何となくそれを口に出すことができずにいると、行彦のほうももう言葉を継がず、二人黙りこくったままあてもなく場内を歩き続けることになった。

　マーチの演奏はいつの間にか終わっていて——フェンスに沿った土手の上に、楽器を傍らに疲れ切った様子で座っている一団がいた——、今はブーンという虫の羽音に似た音が、あかるい曇天に重なって頭の上を覆《おお》っている。その音は、いつも聞こえていたようでもあり、聞こうとしてはじめて聞こえる音のようでもあって、「おっ」と行彦が空を指差したときも、それが音の発生源であるとはしばらくわからなかった。

　行彦が指差したのは、ヘリコプターだった。ラジコンのヘリコプターだ。さらに行彦が示す方向を辿《たど》ると、人垣の中に操縦機を持っている男の姿があった。

　引き寄せられるようにそちらへ歩いていく行彦の後を、環希も追った。人垣はほとんどが少年か、その父親くらいの年齢の男たちだった。上空を旋回するヘリコプターを、みんな熱心に見上げている。行彦も同様で、ラジコンを操作している男に注意を向けているのは環希一人だけだった（だから何かいけないことをしているような気持ちで、こっそりと窺《うかが》った）。

　操縦者は三十代半ばくらいの痩《や》せた男で、ネクタイこそしていないが、ワイシャツに黒のズボンという、昼休みのサラリーマンのような出立《いでた》ちをしている。胴体があまりにも細いために、シャツが風を孕《はら》んで膨らんで、女性的に見えている。銀縁眼鏡をかけていて、機体を追っている顔にはほとんど表情らしいものがない。

「宙返り！　宙返り！」

甲高い声は、環希と行彦のすぐうしろで上がった。小学六年か、中学生になったばかりくらいの少年が、二人の間を擦り抜けるようにして前に出た。

「宙返りやって！　宙返り！」

操縦者にリクエストしているのだ。それで、観客はヘリコプターから少年に、少年から操縦者に目を移した。痩せた男はしかし、何の反応も見せない。

環希はいやな感じにどきどきしてきた。周囲の人や行彦とほとんど同時に、空を仰ぐ。ヘリコプターは遥《はる》か上空をゆっくりと旋回している。宙返りをする気配はない。

「宙返りしてみせてってば！　宙返り！」

お願いだからもう黙って、と環希は思う。どうしてそんなふうに癇癪《かんしゃく》を起こしたみたいな声で叫ぶのだろう。もう中学生か、それに近い年頃なのだから、状況を察するということぐらいできそうなものなのに。大人げない——というよりどうかしている——のは無反応な操縦者のほうに違いなかったが、苛立《いらだ》ちや怖《おそ》れは少年のほうに向いた。

「宙返り、宙返り、宙返り――」

操縦者は突然、操縦機を振り上げた。それが地面に思いきり叩《たた》きつけられる様を、環希はほとんど見たような心地になったが、実際には男は、手を振り下ろしたが機械を放しはせず、かわりに片足を、ダン！　と地面に打ちつけた。観客が息を呑《の》み、少年の叫び声がぴたりと止《や》んだのを潮に、環希と行彦はその場を離れた。

どちらが気の毒かといえば少年に違いないのだ、と環希は今いちど考えた。瘦せた男の振る舞いは異常で、とうてい承知できるものではない。

にもかかわらず、男に感謝したいような気持ちがあった。胃がむかむかしてくるような居心地の悪さに、男が「ケリ」をつけてくれたからだ。私もどうかしている、と環希は思う。そもそもそんなふうな居心地の悪さは、男が生み出しているものだったのに。

歩き出した行彦のあとに、環希も続いた。行こうか、とも言わずに黙ったままなのは夫らしくなかったけれど、それは二人が今共通の気分に陥っているからで、やれやれ、行こうか、と胸のうちで呟《つぶや》いた声が、私にも聞こえているつもりにこの人はなっているのだろう。

このまま飛行場から出ていくのはどうにも納まりが悪い、という気持ちもたぶん二人共通のもので、出口とは反対の方向に何となく歩いていくと、ターミナルと繋《つな》がった建物の入口に「カフェ」の文字があった。入ってみると、だだっ広い会議室のような場所にスチールのテーブルと椅子《いす》を並べただけのそっけない場所だったが、壁一面に取ったガラス窓から、滑走路が見渡せるのが気持ちがよかった。

来場者には見過ごされているのか、店内はがらんとしていて、二人は窓際《まどぎわ》の一等席に座ることができた。今日は飛行機の運航は休みにしているのか、滑走路のあちこちに、ヘリコプターや小型のセスナ機が展示されていて、人が集まっている。

「なるほど、こういう仕組みになってたわけだな」

こちらから厨房《ちゅうぼう》の近くまで呼びにいってようやくあらわれた店員に、オムライスをふたつ頼んだあと、行彦は窓の外に顔を向けたままそう言って笑顔になった。「飛行場祭り」らしいところを、今更見つけた、という意味だろう。環希も笑った。

「島まではどのくらいかかるのかしら」

「二、三十分で行くだろうね」

そんな言葉を交わしたのは、二人のテーブルの横の壁に、O島の観光ポスターが貼《は》ってあるせいに違いなかったが、環希はあらためてはっとした。ああそうか。この人が今日、ここへ来たのは、艶という、病気のいいとこのことがあったからかもしれない。

無意識かもしれないけれど、島のことが心のどこかにあったのだろう。

そんなふうに考えていてふと気がつくと、行彦がじっとこちらを見ていた。環希はなぜかどぎまぎしたが、

「ケーキみたいに甘いな」

夫が言ったのはオムライスのことだった。


選考会は午後五時から行われ、行彦を含む五人の候補者の本を、六人の選考委員——小説家とエッセイストたち——が審査する。結果は通常二時間足らずで出るが、もしも受賞者になればすぐに銀座のホテル内で行われる記者会見に臨まなければならないので、近くで待機していてほしい、という連絡があった。

当日、担当編集者が探してきたバーに集まったのは、行彦と環希、編集者三人、それに池谷夫妻の七人だった。貸し切りにして、とくべつに早い時間に開けてもらっていたが、ゆっくり食事する気分でもないだろうということで、ハムやチーズ、フリットやピザなど簡単なものが、立食パーティーふうにテーブルに並べてあった。

「あまり飲みすぎないでくださいよ、受賞したら記者の前で喋《しゃべ》るんだから」

担当編集者のS氏はそう言いながら、行彦のグラスに白ワインを満たした。池谷氏

以外はすでに全員生ビールを二杯ずつ飲んでいる。

「飲んだほうが口が滑らかに動くんじゃないの」

そう言ったのは池谷氏で、すると玲子が、

「下戸《げこ》のくせに無責任ね」

と笑いながら、行彦のグラスに自分のグラスを合わせた。

「酔っ払いが無責任なのは正しいというわけだね」

行彦は微笑《ほほえ》む。この人、幾らか緊張しているのかしらと環希は計ろうとしてみるが、よくわからない。

「まあ、落ちたときのことを考えると、飲みたい気分だなあ。僕が酔っぱらっていたほうが、みんなも気が楽だろう」

行彦は環希の心のうちがわかったように言った。

「だめよ、落ちるって言葉を言ったら」

「あ、それでもう二回言った」

「なんにせよ、楽しくやろうよ」

そのとき携帯電話の着信音が鳴り出したので、一同ははっとして口を噤《つぐ》んだ。もし受賞すれば、候補者の携帯――行彦は携帯を持っていないから、環希の――に直接知らせが来ることになっていて、そうでないときは、編集者K氏が連絡を受けることになっている。鳴ったのは、K氏の携帯電話だった。

「はい」

K氏は強《こわ》ばった表情で電話に出た。

「はい。はい。……え？」

K氏はちらりとこちらを見た。手真似《てまね》で、違う（落選の知らせではない）ということを伝える。そのまま電話を持って、店の外へ出て行った。戻ってきたのは十数分後だったから、その間はみんなさっぱり落ち着かなかった。

「どうしたんです？　誰から？」

咎《とが》めるように玲子が聞くと、

「いや……すみません。賞とは関係ないんです。長電話できない事情は話したんだけど、なかなか切ってくれなくて」

K氏は言った。

「この人は、あちこちで悪いことしてるからね」

行彦が混ぜ返したのは、K氏が言い難そうにしているのを察したせいに違いなかったが、するとK氏は、心外だという顔になった。

「伝馬《てんま》さんですよ」

　K氏が明したその名前は、突然天井から落ちてきた雨水みたいに部屋の中に響いた。伝馬愛子はそこそこ著名な児童文学評論家だったが、その場の全員が、その名前を知っていた——彼女は、行彦が会社を辞める原因になった女性でもあったから。

「どうして彼女がKさんの携帯を知ってるの？」

　戸惑いを覆うように、いっそう剣呑《けんのん》な口調になって玲子が聞いた。

「それは、うちの社もお付き合いがありますから……社にかかってきた電話を取ったやつが、僕の番号を教えちゃったみたいで」

「何だって？　彼女」

　取りなすように行彦が聞いた。

「いや、何だかよくわからなかったんだけど……例の調子だから。まあ、受賞したかどうか知りたかったってことなんでしょう。まだわからないと答えましたが。祈ってると伝えてくれと言ってました」

「祈ってるって、何を？」

　冗談のようなそうでないような調子で玲子が言ったが、誰も答えなかった。そのときまた携帯電話が鳴り出した。環希の携帯だった。

環希は咄嗟《とっさ》に、それを行彦に向かって突き出した。伝馬愛子が今度はこちらの携帯にかけてきたと思ったのだ。伝馬愛子とは絶対に話したくなかった。話をしたくない気持ちは行彦のほうがずっと大きい筈《はず》だとわかっていたが、それでもどうしても電話を取れなかった。

危険物にでも触れるように携帯を受け取った行彦の顔は、間もなくぱっと輝いた。そうか、この電話には受賞の知らせも入るのだった。環希はそのことをようやく思い出して、それから急いで、伝馬愛子でなくてよかったという安堵《あんど》の奥から、喜びの感情を取り出した。

4

百合《ゆり》の匂《にお》いが強い。

行彦の受賞が新聞に載り、ほんの小さな記事ではあったが、もう何年も会っていない友人知人が何人もお祝いの電話をくれた。

盛り花は全部で四つ届き、そのどれもに大輪の百合があしらってあるから、よく匂う。届いたときにはつぼみだったのが今はもうすべていっぱいに開いているから、匂いはますます濃くなっているのかもしれない。

環希はテレビをつけた。

そうすれば匂いが紛れるような気がしたのだが、そんな筈もないし、行彦のじゃまになるかもしれないと思い直して、すぐに消した。夕食後間もなく、行彦は二階に上がって、仕事場にこもっている。賞をもらって、直ちに何がどう変わったということもないのだけれど、出版社が幾つかあらたにコンタクトしてきたり、新聞や雑誌にエッセイを頼まれたりして、行彦の心の中にはこれまでとはべつのある緊張が生まれたようだ。

それで勢い、お礼状を書くのは専《もっぱ》ら環希の仕事になっている。今、目の前には、祝電と、花やワインの送り状の束があり、その傍らにはこのために昨日会社の帰りに買ってきたきれいな絵ハガキの束がある。

〝お心尽くしのお酒、ありがとうございました。楽しみにいただきます〟

いただきものをしたらできるだけ早くお礼状をしたためなければならない、というのは、環希が母親から口うるさく躾《しつ》けられたことだった。父親が教師だったこともかかわっているのかもしれない。お中元やお歳暮のほかには、書物が届くことが多かったが、母親は本が届いたその日に「楽しみに読ませていただきます」とハガキに書いた。

それで環希も、つい夫をせっついてしまう。行彦はそういうことには無頓着《むとんじゃく》なほうで、食べておいしかったり、読んで面白かったりしたものにはすぐにその感想を書いて送るが、そうでない場合には放ったらかしだ。もちろんワインの栓を開ける機会がなかったり、読書の時間がとれなかったりするときには、そのままお礼のことを忘れてしまったりする。実際に読んだり食べたりしないまま「楽しみに……」という礼状を書くのは、いかにも形式的で、相手だって喜びはしない、と行彦は言う。それでも、なしのつぶてよりは礼にかなっているわ、と環希が言い返して、ちょっとした言い合いになったこともあった。

お礼状は私が書いておくわね。今回、環希のほうからそう言うと、ああ、悪いけど頼むよ、と行彦は助かったという表情になった。あれこれ理屈をつけても、結局は面倒くさがり屋だってことなのよね。環希はそう思い、苦笑してみたけれど、そのとき目の前にしていた送り状は伝馬愛子からのものだったから、その笑いは何だかとってつけたような感じになった。

伝馬愛子からのお祝いは花で、送られてきたほかのどの花よりも嵩《かさ》のある盛り花だった。ほとんど環希の胸に届くほどの高さで、南国ふうの原色の花と蛇のような太い茎の観葉植物とが取り合わせてあった。

配達されてきたのは日曜日の朝で、ドアを開けたのは環希だった。まず自分だけが先に来て、配達先の家が留守ではないことをたしかめた業者が、車に戻って運んできたその花を見て、環希は思わず二階にいた行彦を呼んだ。

うわ、こりゃすごいな。誰からだ？

降りてきた行彦が感嘆ともつかずそう言ってはじめて、送り状を見たのだった。伝馬さんだわ。動揺を抑えて、できるだけなんでもなさそうにそう言ったのに、え？と行彦は聞き返した。環希はもうその名前を口にせず、黙って送り状を夫に差し出した。ああ、なるほどね。行彦は呟《つぶや》いた。驚き、不快になったというよりは、もっと弱々しい、拗《す》ねた子供みたいな様子になった。

〝素晴らしいお花、ありがとうございました〟

さっさとすませるつもりで伝馬愛子へのハガキを書きはじめ、でもその一行だけで手が止まってしまう。次の文句がさっぱり思いつかない。〝夫と二人嬉《うれ》しく眺めました〟とも〝思いがけない受賞で、私のほうがまだふわふわしています〟とも書けない。書きたくもない。〝素晴らしいお花〟だなんて。いったいどうしてそんなものを送りつけることができたのか。もし書けるとしたらそれを聞きたい。

環希は再びテレビをつけた。

マチュピチュの遺跡を案内するアイドルの少女の、大袈裟《おおげさ》な感嘆を音楽のように聞きながら、伝馬愛子の姿を思い浮かべた。

といっても、実物に会ったことは一度もなかった。トラブルのあと、会う機会――面と向かって、というのだけではなく、見かける程度の機会も含めて――は幾度かあったが、避けてきた。懸命に避けてきた、と言っていい。その一方で、動いたり喋ったりしない伝馬愛子の顔を漁《あさ》る一時期があった。ウェブ上で。雑誌のグラビアや、著書のプロフィールで。それらの写真は撮影された年代が広範囲に渡っていたし、素人《しろうと》が撮った不鮮明なものも多かったので、何枚見ても実像がはっきりしなかった。逆に言えば、はっきりしなかったから、何枚も見ることができたのかもしれない。

漁っていることを、行彦には明さなかった。当然だ――トラブルの渦中《かちゅう》にあった彼にしてみれば、伝馬愛子の顔など見たくもないに違いなかったし、にもかかわらず、事実を検証するために連日のように社の会議室に呼び出され、伝馬愛子と顔つき合わせなければならない日々が続いていたのだから。

行彦には決して知られないように、環希は漁り、そしてやっぱり検証した――つまり、伝馬愛子と夫が台湾料理店にいるところを思い浮かべた。行彦はある雑誌の創刊に関わって、伝馬愛子に原稿依頼に行ったのだった。彼らは初対面だった。伝馬愛子によれば、最初に会った喫茶店で打合せは済んだのに、「もう少し話したい」と行彦が言って、そのあと食事に行ったのだという。

そこは、それより少し前に人から教えられ、近々二人で行ってみよう、と行彦と話していた店だった。夫はきっと、夫婦で行く前に下調べしておこう、というつもりだったのだろうと環希は思う。その意図が、たぶん伝馬愛子に察せられてしまったのだ。彼女はきっと、自分がダシにされている、という印象を持ったのだろう。

彼女が行彦の上司に向かって、そこは「体をくっつけ合うように座らなければならない」ほど狭く、「編集者が著者を連れていくのに適当とは思えない、気安い者同士が行くような」店だった、と描写したのはそのせいだ。いずれにしても、伝馬愛子がそんなふうに行彦を糾弾《きゅうだん》しはじめたのは、店に行った日から何ヶ月も経《た》ったあとだったのだから、その事実ひとつ取っても、彼女の言い分がおかしいことはあきらかだ。

テレビはコマーシャルになった。すると環希の頭の中も切り替わって、なぜか浮かんできたのは、選考会の日のことだった。

なんだか奇妙な日だった、と思う。伝馬愛子から電話があったせいではない——あれは奇妙ではなく、はっきりと気分の悪いことだった。不思議な印象になるのはそのあとだ。嬉しい電話がかかってきたあと。あんまり嬉しくて、奇妙な感じすらする、ということだったのかもしれない。

たとえば玲子は、あの日もかなりワインを飲んでいた。だって嬉しくて仕方がないんだもの、こんなに嬉しいことってないもの。飽かずそう繰り返しながら、誰彼のグラスにワインを注ぎ、積極的に返杯を受けては干した。

玲子はお酒が強くなったものだわ。環希はそう思ったけれど、玲子は飲んだぶんだけ酔っぱらってもいて、ただその酔いかたには、どこか律義《りちぎ》なところがあった。酔っぱらったふりをしている、というのではないのだが、何だか懸命に酔っている印象があった。いや、そうじゃない——。

彼女は素人の酔っ払いだからね。ああいうふうになってしまうんだ。池谷氏が、そう言ったのだった。そのとき環希と行彦は、大きな声で笑っている玲子、その相手をしている編集者たちから少し離れて座っていたのだ。じゃあ僕らは、プロの酔っ払いというわけか。行彦が混ぜ返すというのでもなく、遠くを見るような表情で言った。そうだ、実際あのとき、私たち三人は、何か遠くの景色を望むように玲子を眺めていたのだった、と環希は思い出す。

それから玲子が、ワインの瓶を持ってこちらへ来た。まず行彦、次に環希のグラスに注ぎ足し、池谷氏にも注ごうとするジェスチャーをして、ああ、あなただったのね、と笑い、隣に座った。かんぱーい。玲子の音頭《おんど》で、四人でグラスを――池谷氏はジンジャーエールのグラスを――合わせた。すとん、と体を椅子《いす》に戻した玲子は、池谷氏に寄りかかった。目をつぶり、にんまり笑い、ワインを飲んだ。そのことが奇妙だったのではない、と環希は気づく。まるでスクリーンの中のことみたいに、玲子の表情のいちいち、動作のひとつひとつを、自分がくっきり覚えていることが奇妙なのだ。

そういえば、あれから連絡は何かあった？

そう言ったのは環希だった。そうだ、私が言い出したんだわ、と環希はそのときの自分のことを、他人のように――とんちんかんな、社会性に欠けた女のことのように思い出した。あのとき、さほど酔っぱらっていたというわけではないんだけれど。

それは二次会に繰り出したバーでのことだった。編集者K氏の行きつけだという、ビルの地下の暗い店で、暖簾《のれん》のように何本も垂らしたチェーンで囲われたくの字型の席に、環希と行彦、編集者二人を挟んで池谷夫妻、という順番で座ったので、それぞれの夫婦と編集者一人ずつ、という組み合わせでいっときべつべつに会話していた。

連絡？　行彦はちょっといやな顔で聞き返した。伝馬愛子があれからもう一度かけてきたかという意味にとったのだろう。じつのところ私も、行彦にそう誤解させるような訊《き》きかたをわざとしたんだわ、と環希は考える。何のためにかといえば、たぶん、環希が尋ねているのは伝馬愛子のことではない、とわかったときの、行彦のほっとした顔が見たかったがために。

あなたの従妹《いとこ》。

だから急いで、そう言った。すると行彦の表情は変わったが、環希が期待していたような顔にはならなかった。それはそうだろう、と環希は、そのときの自分に向かって言う——いっそたしなめる。その従妹というのは、今死にかけているのだから。そんな人の話を、あのめでたい日に、何の脈絡もなく持ち出したのだから、行彦は戸惑うに決まっている。

ああ、艶のこと。

行彦がそう言ったとき、環希は最初、「艶」を「通夜《つや》」と聞いてしまった。ああ、通夜のこと。そう言ったのかと思ってぎょっとした。だが、すぐに自分の間違いに気がついた。そうだわ、従妹の名前は艶だったわ、と。あらためて、その名前を行彦が呼び捨てにしたことを意外に思ったが、でも、年下の従妹なのだから、妹のように呼ぶのは普通のことだろう。

僕の従妹が、O島に住んでいてね。

行彦はそれから、傍らの編集者K氏に向かって、そう言った。彼が話に加われないのを気にしてのことに違いなかったが、その話しぶりには、何か唐突な熱心さがあった。行彦はかなり酔っていたのかもしれない――酒にというよりは、受賞の喜びに。もちろん行彦はK氏に、従妹が死にかけていることは明さなかった。ただ彼女のプロフィールを語ったのだ。K氏は戸惑っていたようだったが、やり手の編集者らしく、上手に合いの手を挟むこともして、だから環希もあらためて、艶という従妹と夫との関わりを知ることにもなったのだった。

艶さんは、行彦の父親の妹の娘。そうして、行彦は、十代の終わりから二十代にかけての何年間かを、艶さんの家で暮らしたらしい。大学にはそこから通っていたというから、下宿のようなものだろう。行彦がその辺りまで話したとき――夫の話は、自分の青春時代へのノスタルジーへと傾いていく気配を見せていたが――K氏が、「で、美人だったんですか、その、艶さんは？」と聞いた。すると行彦ははっとしたような表情になったから、我に返って、もっとこの場にふさわしい、みんなが共通して興味を持てるような話題に転換するのだろう、と環希は予測したのだったが、うん、それがすごい美少女でね、というのが、夫が次に口にした言葉だった。

階上で行彦が椅子を引く音がした。

回想の中にその音が割り込んできたことで環希はなぜか慌《あわ》てて、思わずテレビを消してしまった。

それから急いで、伝馬愛子へ出すハガキの続きを書いた。

〝素晴らしいお花、ありがとうございました。受賞は思いがけないことで、二人ともまだぼうっとしています。ご健筆をお祈りいたします〟

伝馬愛子は、小柄だがバランスのいい体つきをしていた。細かいプリーツをたたんだ赤いサックドレスがよく似合っていた。童顔で、肌がきれいだったから、行彦よりひとつ上の五十六歳という年齢にはまず見えなかった。

そんなふうに環希がとうとう実物の伝馬愛子の姿をとらえたのは、彼女が行彦の授賞式の、祝賀パーティーにあらわれたからだった。

「ほら、あれ」

玲子がするすると近づいてきて、耳打ちした。ホテルのレセプションルームを使って出版社が主催する——知り合いよりも知らない顔のほうが圧倒的に多い——その会場に、伝馬愛子はしばらく前から来ていたのだろう。環希が、玲子が示すほうを振り返ったときには、伝馬愛子は男性三人と順番に名刺交換しているところだった。

行彦を糾弾し、退社に追いやった張本人が伝馬愛子であることを、玲子をはじめかつての同僚たちや、友人知人の何人かは知っている。だがもちろん、知らない人もいて、この会場では比率としてそちらがほとんどだと言えるから、伝馬愛子は居心地の悪い思いをすることもないのだろう。

伝馬愛子は、K氏の携帯電話の番号を知り得るくらいなのだから、主催者側の、事情を知らない誰かが、彼女に授賞式の招待状を送る手配をしたことは十分に考えられる。あるいは招待状などなしにふらりとやってきて、受付けの顔見知りの誰かが、喜んで彼女を通した、ということなのかもしれない。

いずれにしても彼女にとっては、今日の登場は、選考会の日にK氏にかけてきた電話、お祝いの花に続く流れなのだろう。謝罪の意だとは到底考えられず、だとすれば嫌がらせ、ということになる。だが、行彦にとってはむしろ逆の効果に働くだろう。つまり、こんなふうにいつまでもしつこく絡《から》んでくるということこそ、伝馬愛子がどうかしている、という証拠になるのだから——。

環希は伝馬愛子の姿を目で追った。これまでずっと会うのを避けてきたことからすれば、大胆すぎるような眺めかただったが、それができたのは、行彦の妻がどんな女であるかを伝馬愛子は知らない筈《はず》だったからだ。伝馬愛子が誰かと歓談しているテーブルに近づいていって、大皿に並べられたカナッペをひとつ、自分の皿にのせさえした。それから行彦のほうを——これはこっそりと——窺《うかが》った。受賞者である行彦はK氏やS氏が右大臣左大臣のように付き従う雛壇《ひなだん》に隔離された格好になっていて、お祝いの言葉を述べに来る来場者たちへの対応で忙しく、会場を見渡す余裕もないようだった。よかった。伝馬愛子が来ていることには気づかずにすむだろう。

環希がほっとしたのも束《つか》の間《ま》、伝馬愛子がつかつかと場内を移動しはじめて、ああ伝馬先生、と呼びとめる人たちを会釈《えしゃく》でいなしながら、雛壇の前に集まっている人たちの最後尾についた。行彦の前で伝馬愛子はどんなふうな態度を取ったのか、行彦は彼女を見てどんな顔をしたのか、どういうふうに対峙《たいじ》したのか、しかし環希は、たしかめなかった。見るのがいやだったから、ずっと目を逸《そ》らせていた。

「整形よ、あの顔は」

そう言ったのはやっぱり玲子だった。授賞式の日ではなく、それから数日後、会社の昼休みのこと。

部署が違い時間の割り振りが違うから、会社にいるとき昼食をともにするのはめずらしい。玲子のほうから伝馬愛子の話題が出たとき、だから環希は、玲子はこの話がしたくて私を呼び出したんじゃないかしら、とちらりと思った。

「まさか。たしかにきれいだったけど……」

そうして、炊《た》き立てのご飯の上にのった小柱のかき揚げ――その店には、その一種類しかメニューがない――を箸《はし》で崩しながら、感想を述べた。

「きれいって言ったって、顔立ちは正直たいしたことはないのよ。人目を引くのは、肌がきれいだからなの。肌をいじっているのよ。整形っていうか、薬品。酸みたいなもので、俎板《まないた》を新しくするみたいに、皮膚を削る方法があるのよ」

「本人がそう言ってるの？」

「周囲の人が言ってるの。一時期は彼女、ほとんど家から出てこなくて、やむなく出てくるときは、真っ赤に荒れたひどい顔だったって。それはその薬を使ってる徴《しるし》なの――私、取材したことがあって、美容整形にはわりと詳しいのよ。荒れた皮が全部はがれ落ちると、下から若い皮膚があらわれるというわけ」

ふうん、と環希は相槌《あいづち》を打って、そのあとしばらくは、食べるほうに専念していた。興味深い話ではあり、伝馬愛子のあの若々しく愛らしい感じが恐ろしげな薬によるものだと知って、何かを多少取り戻したような気分がないでもなかったけれど、それを口に出すことはできないし、そもそもどんな感想も言い難い。

――と、ずっと喋《しゃべ》っていたのに環希より早く丼《どんぶり》を空けつつある玲子が、

「授賞式のあと、石田さんは、なにか言ってた？　伝馬さんのこと」

と聞いた。

「いいえ。何も」

それは本当のことだった。あの日会場に伝馬愛子がいたことは、二人とも今日までいっさい話題にしていない。それなのに——と、環希は少し玲子に腹を立てた。どうしてそんなことを聞くのだろう。それを聞いてどうしようというのか。

「それなら、伝馬さんもお気の毒ね」

玲子は明るい顔で言った。

「どうして？」

「だって、伝馬さんがそんな大変な思いをして若返ったのは、石田さんに見せたいからに決まってるじゃない」

「決まってないわよ」

環希は笑った。ことさらに笑ったので、咳《せき》みたいな笑いになった。玲子は笑わなかった。

「あなた、じゃあ、伝馬さんの言い分を信じてるわけ？」

「それ、どういう理屈なの？」

環希は再び笑おうと試みながら言った。玲子があいかわらず真面目《まじめ》な――むしろ詰め寄るような――顔をしているので、急いで、

「信じてるわけないわ」

と付け足す。

「台湾料理屋に夫が無理やり連れて行ったとか、仕事の話はまったくしないでプライベートなことばかり聞きたがったとか、勝手にお酒をどんどん頼んで酔わせるように仕向けたとか、伝馬さんが怒り出したのは、その日から三ヶ月以上経《た》ってからなのよ。その三ヶ月の間に彼女は何度か夫と打ち合わせをしてるし、電話でのやりとりも普通にあったのよ。話してるところを私も聞いたことがあるけど、和やかなものだったわ。突然、理不尽に発生したというほかないのよ、彼女の怒りは……」

「理不尽というわけでもないでしょう、石田さんが彼女の原稿にけちをつけたのが原因なんだから」

どういうわけかはわからないけど、玲子は私を挑発してるんだわ。そう思いながら、

「けちつけたわけじゃないわ。編集者として当然の仕事をしただけよ」

と環希は言い返してしまう。

「ひどかったのよ、あのとき伝馬さんが書いてきた原稿は。夫は彼女の書くものが好

きだったから、いっそうがっかりしたのよ。私も読ませてもらったけど、手抜きもいいところよ、それまでの自分の本からの継《つ》ぎ接《は》ぎで……」

「わかった」

玲子は環希を遮って、隣のテーブルの人たちが振り向くほどの大声を出した。

「きっと、それが原因だわ。あなたが彼女の原稿を読んだこと、石田さんのことだから、そのまま伝馬さんに言っちゃったのね。妻も僕と同じ意見だ、とか何とか。それで彼女、きーっと血が上ったのよ」

「私のせいだっていうわけ？」

環希は今度こそ本当に笑った――呆《あき》れた、冷たい笑いだったから、それで玲子は怯《ひる》むと思ったのに、

「あなたのせいじゃないわ、石田さんのせいよ」

玲子は平然と言い放った。

5

この頃玲子はどうかしている。

（伝馬愛子と同じくらいどうかしている）

環希はそう思い、それを行彦にも言いたかったが、言えず、結局、

「玲子は本当に飲《の》ん兵衛《べえ》になったわよね」

と、最近では夫婦の挨拶《あいさつ》になっている気さえする科白《せりふ》をまた言ってしまう。

「なんだかなあ」

行彦は生返事をする。それ以上の反応をべつに期待しているわけではないのに、環希は夫に目を移す。新聞を読んでいると思っていたが、パンフレットのようなものを見ている。

「それ、何？」

「O島」

印刷物に目を落としたまま行彦は答える。十二、三の少年が、干渉する母親に煩《うるさ》そうに答えている、という体《てい》だ。それで環希も母親みたいな気持ちになって、体を伸ばして覗《のぞ》き込んだ。

観光用のパンフレットらしい。島全体がイラストで描かれ、観光スポットが示されている。

「どうしたの？　これ」

「こないだ持って帰ってきたんだよ、飛行場祭りのときに」

昼食を食べたカフェに置いてあったのだろうか。パンフレットも、行彦がそれを手にするところも、私の記憶にはない、と環希はちらりと思う。

「行くの？」

「えっ？」

行彦はそこではじめて顔を上げた。

「O島。艶さんのお見舞いに」

「ああ……いや。そういうわけでもないんだけど」

行彦はパンフレットを閉じてしまった。最初からそうするつもりだったというように、新聞を引き寄せ、読みはじめる。

この景色には覚えがあるわ。

そう思いながら、環希は椅子《いす》を立ち、キッチンへ行った。そろそろ暑くなってきたから、冷たい緑茶を作っておこう。

緑茶を量り、サーバーに入れる。収納庫からミネラルウォーターを取り出し、サーバーに注ぐ。作業は慣れたものだから、手が勝手に動いた。そうだ、あのときと同じ感じなんだわ、とひらめく。行彦が、会社を辞めると言い出したとき。やっぱり休日の朝だった。

それまでずっと、連日呼び出されて事情聴取を受けていた。伝馬さんがヒステリーを起こしたよ。わけがわからん。最初のうちこそ、笑いを交えながら会議室でのやりとりを環希に話して聞かせてくれたが、そのうち話さなくなった。

石田行彦は編集者として問題がある、能力が疑わしいばかりでなく人格的にも問題がある、この私、伝馬愛子に、著者に対する以上の関心を示し、ずっと当惑していた。伝馬愛子の訴えがそのようなものであるということを知ったのは、行彦ではなく玲子の口からだった。はじめは担当編集者の交代を要求するだけだった伝馬愛子が、第三者立ち会いのもとでの行彦との話し合いの回を重ねれば重ねるほど態度を硬化させていき、最終的には行彦の懲戒免職を求めるようになったことも、環希はそのことを周知だと信じていた同僚との会話の中で知った。

会社、辞めることにしたよ。

その朝、行彦がテーブルに広げていた新聞から目を上げて、ふと思い出した、というようにそう言ったとき、でも、環希は、じゅうぶんに驚いたのだった。伝馬愛子が何を言おうと、行彦は徹底抗戦するだろうと思い込んでいたから。いまだトラブルが解決しないのは、伝馬愛子がひとりごねているからで、彼女が言っていることはめちゃくちゃで、行彦の主張が正しいことは、関係者はもうみんなわかっている筈《はず》なのだから、と。

　どうして？　と、だから環希は行彦に聞いた。すると行彦は、新聞に目を落とした。そう——さっき同様、大人になりかけの少年のような様子で。どっちみち、そろそろ辞めようかと考えていたんだ。行彦は新聞に向かってそう言った。まるでその紙面にこそ、ひどく重要な、差し迫った問題が記されている、とでもいうふうに。ゆっくり執筆に専念したいと考えていたんだ、これは、いい潮かもしれない……。

　今辞めれば早期退職ということにしてくれるから、金も余分に入ってくるし。夫がそう続けたとき、環希は、ようするにそれが会社が示した妥協案なのだということを悟った。伝馬愛子は譲る気がない。どうしても行彦を退職させたがっている。伝馬愛子は出版のある分野では重要な著者だし、会社としては、これ以上事が大きくなるのは困るのだ。今なら彼女にはうまくごまかして、早期退職というかたちに納めることができるが、このままいくと、懲戒免職にしなければならなくなる。夫はそう言われたのかもしれない。

　でも、それは正しいのだろうか。

　環希はそう考えた。この時期に会社を辞めることは夫の人生計画には決して入っていなかった筈だ。入っていたとしても、こんなふうに辞めていいものだろうか。言われるままに今、辞めれば、伝馬愛子の言い分を認めたことになってしまうのではないだろうか。

環希はでも、思ったことを何ひとつ口に出さなかった。ただ「そう」と頷《うなず》いただけだった。「あなたがそうしたいなら、それがいいのかもしれないわね」と。あのときの私の態度は、あまりにも薄情だったんじゃないかしら、とあとになって幾度か考えた。あのとき行彦は、私に止めてほしかったんじゃないかしら。何言っているの、辞めるなんてとんでもないわ、あなたが辞める理由なんて一つもないわと、私が言うのを期待してたんじゃないかしら。

でも、仕方がない。その度に環希は、そう思い直した。夫がどうしても会社を辞めなければならなかったように、私にもどうしても何も言えなかったんだわ。そういうことがこの世界には——あるいは、夫婦の間には——どうしても起きるものなんだわ。

環希はサーバーを冷蔵庫に入れ、夫のそばに戻った。

「水出しの緑茶を作ったから、午後には飲めるわ」

行彦は目の前で手を叩《たた》かれでもしたように顔を上げた。

「ああ……今日は蒸すからね」

その先の言葉が書いてある、とでもいうように、環希の顔をぼんやり見上げる。

「降りそうだから、出るときは傘を一本持って行きましょう」

「そうか、もうそんな時間か」

いつものレストランへ行く時間が、そろそろなのだった。環希が口紅をひくために寝室へ行こうとしたそのとき、電話が鳴った。

一瞬、顔を見合わせたのち、環希が取った——環希のほうが近かったから。

「もしもし」

聞きなれた声が聞こえてきて、おかしいほどほっとする。池谷氏だった。

「玲子がそっちへ行ってないかな？」

「いいえ……どうして？　今日はべつべつにいらっしゃるの？」

「いや、ごめん……今日はちょっと、昼食は無理かもしれない」

玲子が昨夜から帰っていないのだと池谷氏は言った。

その週は、だから、いつものレストランには行かなかった。
でも翌週には行った——玲子は、池谷氏が電話で消息を聞いてきた土曜日のうちに、帰ってきたからだ。

心配かけて悪かったね。酔っぱらって友だちの家に泊まっていたそうだ。まあ、そうだろうとは思っていたんだが。お宅に電話をしてから間もなく帰ってきたんだ。それが、ひどい二日酔いで、タクシーで帰ってきたんだが、金は持ってないし、僕もまたま持ち合わせがなくて、急きょコンビニまで下ろしに行ったりしてさ。帰ってきたら彼女が風呂場《ふろば》でゲーゲーやってるしで、そっちに連絡するのをすっかり忘れていたんだ。本当にごめん。

夜十時近くなって、池谷氏が再び電話をかけてきて、そう言った。何だか説明しすぎのような説明。これはぜひ、玲子の口から「真相」を聞きたいものだわ、と環希は思ったけれど、その機会はないまま、次の土曜日が来た。当然かかってくるに違いないと考えていた玲子からの釈明の電話は、会社の内線にも、自宅にもなくて、そうなるとこちらからかけて問い質《ただ》すのもどうかという気持ちになったから。

その土曜日は雨だった。朝から小雨模様だったのが、昼前には雨音がたつほどの本降りになった。どうする？　と聞けないまま、レインシューズを履いて歩き出すことになった。

普通ならこんな天気のときは、池谷夫妻と連絡を取り合って、今日はやめにしようか、ということになる。だが、電話はかかってこなかったし、電話してみる？　というやりとりも今朝はなかった。この一週間、玲子は電話をくれなかったが、その姿を社内で遠目に見ることはあったから、「帰ってきた」という池谷氏の言葉が本当であることはたしかだ。にもかかわらず、そのことを私たちはいまだにどこか疑っているみたいだ、と環希は思う。

雨道だといつにもまして行彦との間が開きがちになる。環希は水を撥《は》ね散らしながら追いついて、

「玲子は今日、どんな顔で来るかしら？」

と聞いてみた。その問いを口から発するときに、風圧に逆らうような、微《かす》かな抵抗があった。

「そりゃ、はりきって来るに決まってるよ。今日は独演会になるだろうから」

行彦は笑って答えた。環希をまたずにさっさと歩いていても、話しかければ、ずっと会話していたかのように答える、そのことに自分はいつものように安心するべきなのかどうか、環希はふとわからなくなった。

レストランに、玲子はちゃんと来ていた。もちろん池谷氏も。当然今日は室内の、ほかに一組の客もないがらんとしたフロアの、窓際《まどぎわ》のテーブルにいた。

「寂しいからせめてど真ん中の席に座ろうとしたのよ、そしたらシェフにこっちに誘

導されてしまって。雨を眺めながらのお食事もいいものですよ、ですって」

　さほど声をひそめもせずに玲子は言った。環希は何となく池谷氏を見る。池谷氏は微笑《ほほえ》み返した。

「詩人の店なんだね、ここは」

　行彦が言った。

「料理人か詩人か、せめてどちらかは玄人《くろうと》であってほしいわ」

　そのときシェフが厨房《ちゅうぼう》から出てきたので、玲子は口を噤《つぐ》んだが、本日のメニューを説明される間もずっとにやにや笑っていて、これじゃいかにも感じが悪いわ、と環希が心配になるほどだった。

「さて、どうする。まずはビールではじめる？」

　とりなすように行彦が言った。

「お二人で好きにして頂戴《ちょうだい》。私、アルコールはもう口にしないことに決めたから」

　と玲子は言った。

　その日の昼食は、以前そうだったように——むしろ以前より短めになって——小一時間で終わった。玲子が飲まないことで自動的に環希と行彦の酒量も少なくなったたから。

店を出るときには雨足はいっそう激しくなっていて、タクシーを呼んでもらった。車内はエアコンがよく効いていて、そのぶん、二人が持ち込んだ湿気が――納戸《なんど》の隅の埃《ほこり》の塊のように――かたちになって見えるような感じがした。何か喋《しゃべ》ろう、と環希が考えるうちに、

「玲子さんはよっぽど懲《こ》りたんだな」

と行彦が言った。

「そうね。あの夜のことも、話題にしなかったし」

「こっちからからかってやる雰囲気でもなかったしなあ」

「もともとそれほどお酒が好きじゃないのよ」

「池谷さんから、かなり搾《しぼ》られたんだろう」

「お店に八つ当たりしていたわね」

「あれはまずいよなあ。ちょっと、行きにくくなってしまったな」

真っすぐでいいですか、と運転手が聞き、次の信号を右です、と行彦が答えた。それで会話は自然に途切れた。どのみち間もなく家に着いた。玄関の鍵《かぎ》を回していると き、中で電話が鳴っているのが聞こえた。

鍵は環希が回した。レインシューズを脱いでいる間に、行彦のほうが先に家に上がったが、とくに急いでいる様子もなかった。むしろ電話をかけてきた相手があきらめるのを待っているような動作だったが、ベルは鳴り続けていた。とうとう行彦は取った。

環希は洗面所を使ってから居間へ行った。行彦は、電話しながらメモに何か書きつけていた。間もなく切り、環希のほうを見た。なぜか探るような顔に見えた——そういう表情を誰かがしなければならないとすれば、私のほうなのに。

「艶さんが、亡《な》くなったそうだ」

行彦は言った。この前は「艶」と呼び捨てにしていたのが、艶さんになっている。死ぬと忽《たちま》ち距離ができるものなのか。

「お通夜《つや》に行くの？」

「いや……行かない」

メモを書きつけていたのに？　と環希は心の中で聞く。実際、行彦の答えかたは、質問を誘っているようでもある。

「あなたと艶さん、どんな関係だったの」

それで、環希はそう聞いてみる。本当に聞きたいことのかわりに、それを聞く。

2　艶《つや》の最初の夫の愛人、橋本湊《みなと》（29歳）

I

真珠。

と湊は思う。そして思わず、クスッと笑う。

思わず笑ったつもりだが、じつのところ、わざわざ笑ったのかもしれない。自分の唇のかたちが頭に浮かぶ。今日の口紅はつやつやしたピンクレッド。赤い三日月。この頃、よく思い出し笑いをする。それほど楽しいことがある、というわけでもない。思い出したとき、たぶんいちばん簡単な反応が、笑うことだから笑うのだろう。

「あの、こっちの窓も開けていいですか」

客が言った。湊と同じ年頃――二十代後半くらいのカップルの、男のほうだ。女は今洗面所を見にいっている。

「もちろん」

湊は答えて、自分で開けるために大股《おおまた》で窓辺に向かった。

「うわ」

雨戸を開けたとたんに男がのけぞったのは、隣家との境の塀の上に白黒の猫がいて、こっちを見ていたからだった。リナー、と男は女を呼ぶ。猫がいるぞー。

「やだ。可愛《かわい》い」

女は甘い声を上げる。ショートカットですんなり痩《や》せた、きれいな女。二人がこの夏、結婚する予定であることは、会ったときに聞いている。

「ここは猫は、だめなんですよね」

女は湊に聞く。ええ、ペットはちょっと……と湊はすまなさそうに答える。

「いいじゃん、隣に猫がいるんだし」

男は黒いジャケットに黒いジーパン。仕事はウェブデザイナー。

「そうだね。洗面所もいい感じだったよ、洗面台にもシャワーがついてんの」

「何それ。意味わかんないんだけど」

「朝シャン用なんですよ」

湊が説明した。朝シャン。カップルは同時に繰り返して、ははっと笑った。湊も笑い、これは決まりだな、と思う。最初は冷やかしの匂《にお》いがしたが、部屋に入ったとたんに目の色が変わった。この二人は入居を決めるだろう。

あらためて、湊は部屋を見渡した。

新築だから、まだ塗料や木の匂いがする。三十五平米の１ＤＫ。広めの作り。たっぷりしたクローゼットが備え付けられ、浴室とトイレは別で、脱衣所もある。一階と二階に三部屋ずつ六部屋作る予定だったのを、各階に二部屋ずつの四部屋にしたのは、オーナーである太田圭一《けいいち》の要望だそうだ。六部屋の図面を見せたら、「なんか、刑務所みたいだね」と言ったらしい。

システムキッチンだしエアコンも二機ついているし、優良物件であることは間違いない。難を言えば駅から遠いことだが、そのぶん賃料を下げてある。太田さんにとって家賃収入はさほど重要ではないらしいから（それにたぶん、そういうことを考える頭がないから）、こちらが言うだけ容易《たやす》く下げた。今まで二組内見に来て、どちらも契約まで至らなかったことのほうがおかしいのだ。

「うわあ大容量」

女がクローゼットを開けて歓声を上げた。男も続いて覗《のぞ》き込んでいる。上段にも収納があるんですよ、と教えようとしたとき、扉の陰で二人が素早く唇を合わせたのが見えてしまった。

真珠。

湊はなぜか再びそう思った。そして笑った。ことさらに。

太田さんの真珠のことを知っているのは、私だけだ。

契約は明日ということに話が決まった。

手付け金を一万円払い、いいところが見つかって良かった、ラッキーだったねと言い交わすカップルを、車で駅まで送っていった。

「すっげえ家だな」

男が女の袖《そで》を引く。車は今しも太田さんの家の前にさしかかったところだった。古いが堂々たる平屋建ての日本家屋で、敷地内には畑もあれば倉もある。

「この辺りの地主さんじゃない？」

「一度くらいああいう家に住んでみてえな」

「掃除が大変だよ」

「俺ら骨の髄まで小作人だなあ」

あの部屋のオーナーの家だと教えようかどうか迷って、湊は結局黙っていた。まさか太田さんが部屋にいるわけじゃないよね。この前、二組目の客からの断りが入ったとき、営業の岩瀬がそう言ったことを思い出したのだ。意地の悪い冗談には違いなかったが、入居希望者が太田さんと鉢合わせする機会は、積極的に作らないほうがいい、というのはある種の真実だ。

角を曲がるとき北の端の離れが目に入った。そこが太田さんの部屋だ。今何をしているだろう、とふと思う。午後二時過ぎ。きっと部屋にいるだろう。何時だろうがたいがいいるのだ。無職だし、食事は母親が膳《ぜん》に載せて三度三度運んでくると言っていたし。十畳の真ん中の敷きっぱなしの布団《ふとん》の上で、きっと本を読んでいるだろう。窓がない壁は全部本棚で、全集がぎっしり並んでいる。世界文学全集、日本文学全集、国内外の小説家の個人全集。太田さんはマニアだ——文学マニアじゃなくて全集マニア。

カップルを下ろしてから会社に戻った。湊が勤める工務店は、駅の反対側にある。歯医者と英会話学校と料理教室が入っている古ぼけた細長いビルの、ツツジの植え込みの向こうのガラス越しに、晴れていても曇りでも蛍光灯に照らされている白っぽい職場が見える。

「おう、お疲れさん」

片手を上げたのは社長の常盤《ときわ》で、

「どうだった？」

と聞いたのは、岩瀬だった。ほかに職人が三人、女性はバイトの女の子と湊だけの小さな会社だ。

「決まりましたよ。明日契約に来るって」

デスクに戻りながら湊が言うと、おおーっと、社長と岩瀬の声が揃《そろ》った。

「本決まり？　手付け取った？」

岩瀬はひょろりとした長身で髪型はオールバックで腰が妙に細くて、営業マンというよりはホストに見えるが、実際には、地元で有名な暴走族の何代目かのヘッドであったというプロフィールだ。

「これで弾みがつくといいねえ」

社長はニコニコしている。五十過ぎだが、いわゆる土建屋のオヤジのイメージからはかけ離れた優男《やさおとこ》で、実際初対面のたいがいの人からは、岩瀬の部下だと思われてしまう。

「何世帯だっけ？　四？　あと三はまだ空いてんの？」

バッタのような足を机に上げて岩瀬は言う。相手が女だというだけでなぶるような口調になるが、もう慣れてしまった。コピー機から戻ってきたバイトの子が、岩瀬の椅子《いす》の後ろを、大げさに腰を反らせて通った。前のバイトの子は岩瀬に捨てられるのと同時に辞めた。この子もきっと同じ理由でそのうち辞めることになるのだろう、と湊は考える。

「太田さんに電話してあげた？　一部屋決まったって」

社長が言う。

「いえ、まだ」

湊は答える。本決まりになったら、連絡します。

やれやれと湊は思う。社長がそんなことを言うのは、太田さんを気遣っているわけではなく、湊ともっと会話したいからだとわかるから。私だけじゃなく他の人にもわかってしまったら、また仕事を変えなければならなくなる。

「がっかりするんじゃない？　太田さん」

岩瀬がまた口を挟んでくる。どうして？　と湊は聞く。

「アパートのオーナーなんて、あの人にとっては貴重な社会経験だろうからさ。部屋が全部埋まったら、あの人に用事がある人間なんて当分はいなくなるだろ。五月病みたいになっちまうんじゃねえ？」

何かを感づいて、当てこすっているわけではないだろう。「かもね」と湊は返して、笑ってみせた。

湊が今の会社に入って三年目になる。

あっという間の三年だった。何も起きないからあっという間に経《た》つんじゃなくて、いろんなことが起きてもあっという間に経つ。そういうものだということが最近わかってきた。だとしたらそれは結局何も起きてないということじゃないのか、と考える。

今の工務店の前は全国展開の植木屋のテレフォンオペレーターで、その前はまだ田舎にいた。田舎時代は、上京すればすべてが劇的に変わるだろうと思っていたし、実際変わったような気がしたこともあったけれど、今振り返ってみれば生まれてからこれまでの時間はただ一枚の、母親が凝っていた草木染めみたいな曖昧《あいまい》な色合いのタペストリーにしか見えない。

その日湊は、会社の帰りにモノレールに乗った。

会社の人間にかぎらず、モノレールに乗る人はこの町にはほとんどいない。辺鄙《へんぴ》な町から、さらに辺鄙な町へ向かう乗り物なのだ。でも湊は週に一度か二度は乗る。社長に呼ばれて。

　がらがらの車内で、湊は座らずに窓のそばに立つ。暮れはじめた空を切り取る窓ガラスに、自分の影が薄く映る。

　目が色っぽいと言われる。笑うと猫に似た顔になる。田舎の高校生だったときはたいそうもてた。二十代も終わりかけている今も、男に不自由することはないけれど、それは「もてる」とは違うということはもうわかっている。

「やあ」

　いつもの店に、社長は先に来ていた。カウンターのほかに四人がけのテーブル席が二つだけの小さな店で、テーブルが空いていても——たいていは空いているのだが——社長は必ずカウンターに座る。

「今日のお勧めは鯵《あじ》ハンバーグだって」

「ハヤシライスもおいしいわよ」

　社長と、カウンターの中のママが順番に言い、湊にニッコリ笑いかける。湊が座ると、すでに用意してあったグラスに、社長がすかさずビールの瓶を傾ける。

「乾杯」

ビールはあまり冷たくない。社長の飲みかけの瓶ビールじゃなくて、あらたにジョッキの生を注文したいと、ずっと言い出せずにいる。かつてはビールの温《ぬる》さが気にならなかったときがあったことを覚えているけれど、気がつくと温いのはいやだと言い出せなくなっていた。やっぱりあっという間だ、と思う。社長と付き合いはじめてもうすぐ二年になる。

料理を選ぶのは湊に任されているから、さして食べたいと思わない鯵ハンバーグを筆頭に、最後はハヤシライスで締めることにして、五品ほど注文した。「創作家庭料理の店」と看板にはあるが、創作しないほうがまだましなんじゃないかと湊はひそかに思っている。二年前に偶然入ってから今までずっと通い続けているのだが、社長にしても気に入っているのは料理ではなくて、「酸《す》いも甘いも嚙《か》み分けた」のを売りにしているみたいなママさんが、二人のことを純愛カップルとして扱ってくれるからだろう。

注文を伝えにママが厨房《ちゅうぼう》へ引っ込んだ機をとらえて、社長は素早く湊に身を寄せてキスをした。社長は身も世もなく湊に夢中らしい。そのことが幸福だったときがあり、今は、この人の長所はそこだけだ、と思ったりする。不可欠にして十全な長所だ、と自分に言い聞かせもするけれど。

「今日はよかったね」

社長が言った。湊は曖昧に笑い返した。太田さんの部屋のことを言っているのだとわかったが、会社の外でまで繰り返し祝うほどのことではないからだ。

「でもじつは、ちょっと焦《あせ》ったんだ」

どうしてですか？　と湊は聞いた。慎重に。

「僕も住もうと思ってるから。あのアパートに」

「社長が？」

「うん。家を出たら住むところがいるだろう？　あのアパートだったら、二人暮らしにはちょうどいいからさ」

湊はまじまじと社長を見た。そうしていれば自分が思っているのとはべつのことを社長が言うかもしれないと思ったからだが、社長は愛情を湛《たた》えた目で見返して頷《うなず》いた。

「やっと決心がついたんだ。妻と別れるよ。会社のみんなにも言う。君とのことも。全部きれいにして、あの部屋で一緒に暮らそう」

湊は思わず目を泳がせた。カウンターに戻ってきていたママは、素知らぬ振りで漬け物を刻んでいるが、もちろん、肝心なところはちゃんと聞いているはずだ。

ママ、シャンパン開けてよ、と社長が言った。

シャンパン一本分酔っぱらったが、社長と別れたのはいつもと同じ十一時過ぎだった。

ラブホテルを出て、「ホテルを出てすぐ」とは思わなくてすむだけの距離を歩いてから、べつべつにタクシーに乗った。

別れしな渡された一万円札を握ったまま、湊は振り返ってみる。湊のあとに乗った社長のタクシーは、すぐうしろについている。湊のアパートも社長の家も、会社の近くだ。にもかかわらずタクシーに分乗するのも、セックスするとき湊の部屋を使わないのも、用心のためだった。二人の関係が誰にもばれないように。妻と別れることは決めても、まだ別れたわけではないから、用心はし続ける、ということらしい。湊はしばらく見ていたが社長は気づかなかった。振り返ったのは今日がはじめてだからかもしれない。携帯電話をいじっている。やがて間にべつの車が入ってきて、社長のタクシーは見えなくなった。

「そこを曲がってください」

しばらく走ってから湊は言った。考える間もなく、その指示が口をついて出た。タクシーは畑の間の道を入っていく。一帯はすべて太田家の土地だ。

太田さんの離れへ行くには、通用門がいちばん近い。門の鍵《かぎ》はいつでも開いていて、開けているのは太田さんだとしても、あまりにもいつでも開いているから、じつはこの家のひとたちみんな——太田さんの両親、太田さんの出戻りの妹とその子供と、百歳近いらしい祖母——が、湊が忍んで来ていることを知っているんじゃないか、という気がしてくる。通用門の百メートル手前でタクシーを降りる必要なんてないんじゃないかと。

実際、太田さんは、離れの雨戸をためらいもなくがらがらと大きな音をたてて開ける。離れにはちゃんと玄関がついているのに、湊の足音を聞きつけて、待ちきれずにそうするのだ。太田さんは社長のように「やあ」とは言わない。痩《や》せた長身に着流しという今どき異様な姿で縁側に突っ立って、感に堪えたように湊を見下ろすだけだ。まるで百年ぶりの再会みたいに——この前ここへ来たのは、一週間も前のことではないのに。

「こんばんは」

湊は自分自身の声に耳を澄ませた。この離れに来ると、自分の口から出る声がわざとらしいのかそれともその真逆なのか、判断がつかなくなってしまうのだ。

太田さんは後ずさりながら湊を部屋に上げた。湊が座敷に入ると、戻って縁側に這《は》いつくばり、湊が脱いだ靴を廊下に上げてから、雨戸をもとのように閉めた。それからまるで自分がこの部屋への侵入者みたいに、そろそろと近づいてくる。

太田さんは五十三歳、驚いたことに社長と同じ歳《とし》なのだが、社長よりもずっと若く見える。三十代といっても通りそうだ。色白で、耳にかかる髪と太い眉《まゆ》と小さな目が黒々としている。醜男《ぶおとこ》ではない――上背があり、しっかりした体つきをしているので、遠目にはかなり見映えもする。にもかかわらず、太田さんが「入居者に会わせないほうがいいタイプ」であるのは事実だと、湊はあらためて考える。

部屋の中には布団と本棚と本のほかには何もない。それで湊は、畳の上に放り出してある分厚い本の近くに座る。海原でブイにつかまる遊泳者のように。その湊がもうひとつのブイだとでもいうように、太田さんは本から湊までと同じ距離を置いて、湊のそばに座る。

「部屋、ひとつ決まりそうだよ」

湊は太田さんには敬語を使わない。そう？　と太田さんは上の空で答える。

「若いカップル。男のひとのほうはウェブデザイナーって言ってたから、きっと決まるよ」

会話を楽しもうという気はさらさらないが、自分の声をたしかめるために湊は喋《しゃべ》る。

そう? とまた太田さんは言う。関心のあるふりさえしない、というよりは、その余裕がないのだろう。

「もうすぐ結婚するんだって。クローゼットのドアの陰でキスしてるの見ちゃった。車の中でもずっといちゃいちゃしてるから、ここが大家さんの家ですって言いそびれちゃった」

少し話を作っている。自分がじらしているのが太田さんなのか、それとも自分自身なのか、湊はわからなくなる。困って、だまる。それが合図——あるいは許可——になる。

湊と太田さんはセックスする。

ついさっき社長としたばかりなのに、する。社長とのセックスが物足りないというわけではない。社長が太田さんより下手だとも思わない。

しかたがないのだ、と湊は思う。だって太田さんは、真珠入りの男なのだから。

終わるのを待ちかねていたように、電話が鳴った。湊は飛び上がりそうになった。この部屋でそれが鳴ったのははじめてだったから。今どきめずらしい、留守番機能もついていないそっけないプッシュフォンが床の間にあるのは知っていたが、それが鳴るのは母屋《おもや》の家族から何か用事があるときか、でなければ湊以外にかけてくる人がいるとは思っていなかった。時刻はもう午前一時に近くて、一般的に考えても電話が鳴るには遅すぎる時間だ。

湊の横で俯《うつぶ》せになって息を切らせていた太田さんは大儀そうに起き上がり、着物を肩に引っ掛けただけのずるずるした姿で受話器を取った。びくついていないのは母屋からの電話だと決めていたからに違いなく、話しはじめて、その背中が見る見る強《こわ》ばっていったので、そうではなかったことが湊にもわかった。

太田さんの声はただでさえぼそぼそして、聞き取りにくい。その声をさらに潜めるようにして喋っていたから、誰からのどんな電話なのか測りようもなかった。死ぬんですか。ただ一言、それだけが意味のある言葉として耳に届いた。その言葉を発して間もなく太田さんは電話を切って、奇妙に性急な足取りで布団《ふとん》へ戻ってきた。怒ったような顔をしている。どうしたの、と聞こうとした湊の唇が、太田さんの唇で塞《ふさ》がれた。

そのまま二回目の交わりになった。太田さんがそんなふうに飢えた獣みたいに挑みかかってくるのも、それほど激しいセックスもはじめてだった。いつまでたっても覆《おお》いかぶさったままの太田さんを湊は突き飛ばすようにして押しのけた。

「どうしたの？」

「何が」

太田さんはぼんやりと聞き返した。セックスしているとき以外はスイッチが切れてしまう人形みたいな感じだった。

「電話、誰からだったの?」

「電話?」

太田さんはしばらくの間考えていた。湊にどこまで明かしていいか考えているのではなく、起こったことが把握できていないように。

「つや」

とようやく言った。通夜《つや》のことだと湊は受け取ったから、

「誰が亡《な》くなったの?」

と聞いた。

「死んでない。まだ生きてる」

太田さんは訂正した。

「誰?」

「艶。別れた妻」

太田さんは言った。

2

湊が太田さんと最初に寝た夜は、社長とはじめて寝た日の夜でもあった。

同時に付き合いはじめたというわけではない。社長とは寝た日の十日前にキスをしたし、キスする前には手を繋《つな》いだし、その前には例の店のカウンターに並んで座って、控えめに見つめ合う、ということもした。必要な手順を踏んで、あとは寝るか、でなければもうやめるかの二択になり寝ることにした、その同じ日に、太田さんとはいきなり寝てしまったのだった。

社長と別れて一人乗ったタクシー——ホテルを出て少し歩いて別々にタクシーに乗る、という慣例の、それがはじまりでもあった——の中で、太田さんに渡す書類があったことを思い出した。週明けまでに目を通してもらう必要がある書類だったから、翌土曜日に持っていってもよかったのだが、休日に会社の用事が入るのも鬱陶《うっとう》しくて、今夜すませてしまおうと思った。タクシーでちょっと太田家に寄って、ポストに入れておくつもりだった。

太田家所有の古家を取り壊して、そこの長男名義のアパートの施工《せこう》に取りかかった頃だった。交渉はすべて太田さんの七十歳を超えた母親が取り仕切っていたので、それまでに太田さんに会ったのは一度きり——子供のお遣いみたいに、実印を捺《お》しに会社に来たとき——だけだった。

その一度きりでも太田さんの印象はある意味で鮮烈で、太田さんの噂《うわさ》はしばらくの間、社員のみんなの口に上った。五十歳過ぎた幼児。ヒキコモリ。仙人。オタク。湊にしてもそれ以外の印象があったわけではない。みんなのように揶揄《やゆ》する気持ちもなかったが、そのぶん関心もなかったとも言える。

その夜は太田家の正門までタクシーで乗りつけた。タクシーを待たせて、ポストを探していたときだった。タクシーの向こうから太田さんが歩いてきたのだった。最初にカランコロンと下駄《げた》の音が聞こえ、それから着流しの男の姿が、暗闇《くらやみ》にぼうと浮かび上がった。

今考えれば太田さんはタクシーが止まる音を聞きつけて、通用門から歩いてきたのだろう（たぶん、そのほうが敷地内を移動するより近いのだろう）。でも、どうして太田さんはそうしたのか——つまり、どうしてタクシーが止まる音を聞いただけで、湊が来たと思ったのかはわからない。一度太田さんに聞いてみたこともあるけれどむにゃむにゃ言っただけだった。もしかしたら太田さんは、湊が書類を持ってくるのを

——持ってくることだけを——その日ずっと待ち続けていたのかもしれない。

「こんばんは」

太田さんの微《かす》かな声がそのときは鈴の音のように辺りに響いた。こんばんは。こんばんは。突っ立ったままの湊に太田さんは繰り返した。ああ、こんばんは。吐息とともに湊は挨拶《あいさつ》を返した。人ではない異界のものがあらわれたみたいだった。

書類を届けに寄ったんです。湊が言うと、太田さんは頷《うなず》いた。どうぞ。太田さんはドアボーイみたいな身振りで、通用門のほうを示した。そのとき自分がなぜタクシーを帰して、太田さんについていったのか、なぜその場で書類の封筒を渡してタクシーに乗って立ち去らなかったのかも謎《なぞ》だが——結局のところ、社長と別れたあと太田さんに書類を渡しに行くことにした時点から、ある軌道みたいなものができあがっていたということなのだろう。

それから太田さんの離れにはじめて足を踏み入れたわけだが、深夜、男の部屋で二人きりになることについての懸念《けねん》はそのときから欠片《かけら》もなかった。何も起きるはずがないと思っていたのではなくて、何かが起きる予感があって、じつのところ自分はそれを望んでいたのだろう、と湊は思う。

「好きだ」

と太田さんは言った。

離れに入って最初に発した言葉――あるいは、夜道にぼうとあらわれ、離れを示したときの「どうぞ」という言葉の次に太田さんの口から出た言葉――がそれだった。時間の経過を考えると、二つの言葉の間に幾つかの言葉があったと考えたほうが自然だし、実際あったような気もするのだが、とにかく湊の記憶の中ではそういうことになっている。

自分がどういう反応をしたのかも覚えていない。目を丸くしたのだったか、笑ってしまったのだったか、それとも無反応だったのか。本棚、畳、敷きっぱなしの布団という太田さんの離れの構成要素が書き割りみたいに見え、それを背景にして太田さんの体の輪郭が妙にくっきり浮き上がってきたことだけを覚えている。

「僕、真珠が入っているんだ」

太田さんはそう言った。「好きだ」の次の言葉がそれだったのはたしかだ。真珠入りの男と寝たことはなかった。だから今この男と寝る、というのが正しいかどうかはともかくとして、気が利《き》いている、と湊は思った。この告白はクールだ。

そうして、社長と寝てしまった同じ日に、自分のことを好きだと言った、真珠が入っているんだと告白した男と寝るのは正しいことのように思えた。正しい、でなければ、バランスがいいことのように。

それで、試した。

それが太田さんとのはじまりだった。


「太田さんがいらっしゃいましたあ」

アルバイトの女の子がわざとらしく明朗な声を上げる。

午後一時。約束の時間ぴったり。着流しではなく灰色の開襟《かいきん》シャツに黒のズボンというで出《い》で立ち。シャツもズボンもぴしっとアイロンがかけられているが、太田さんの体には微妙に大きすぎて、細いベルトでしぼった腰のまわりでブカブカ膨らんでいる。

「やあどうも。いらっしゃい」

と社長が言うまでに、その場の全員――社長、岩瀬、それに湊――が、何となく何かを待って、ぼんやりと太田さんを眺めているいくばくかの間があった。

「いらっしゃいませ。こちらへどうぞ」

湊は慌《あわ》てて立ち上がった。太田さんの担当は湊なのだから、最初に動くべきなのは自分に決まっているのに、つい待ってしまった。太田さんの離れ以外の、明るい、他人がいる場所で太田さんと会うと、太田さんと自分との関係が不意にわからなくなる

――というより、わからない関係なのだということがわかる。

太田さんはあからさまにほっとした顔になり、いそいそと湊のそばにやってきた。衝立で仕切られた応接のソファに案内し、こういうときは普通それからどうするんだっけと考えながら、湊はとりあえず向かい側に座った。

「じきに入居者の方も見えますから」

ちらっと腕時計を見る。一時三分。あのウェブデザイナーは時間厳守というタイプではなかったから、五分十分は遅れてくるのだろう。

「冷たいウーロン茶とホットコーヒー、どっちがいいですか？」

バイトの子が聞きにきた。いつもの来客なら何も聞かずにペットボトル入りのウーロン茶をコップに注いで持ってくるだけなのに、わざわざ来たのは、太田さんをネタにしてあとで岩瀬と笑い合おうというのだろう。ひっこんでなさいよバカ女。湊は胸の中で悪態をついた。太田さんは大切な人というわけではないが、茶碗《ちゃわん》やレインシューズと同じような、自分のものだという感覚はある。

「橋本さんはどっちがいいですか」

太田さんの声がぽっかりと宙に浮いた。

バイトの子が啞然《あぜん》としたように湊を見、湊は思わず唾《つば》を飲み込んでから、あ、ウーロン茶、と答えた。

「じゃあ、僕もウーロン茶を」

バイトの子はあからさまにくすくす笑いながら立ち去った。

湊は憤然と足を組んだ。

ジーンズを穿《は》いているから、それで隠れていた部分が露出したというわけでもないのに、太田さんの視線がじいっと足に注がれるのがわかる。それから太田さんはふと目を上げて、湊が自分を見ていることに気づくと、はにかみながら微笑《ほほえ》む。

湊は困惑して時計を見た。午後一時十五分。賃貸契約に来るはずのウェブデザイナーはまだあらわれない。彼が来るまで自分の席でほかの仕事をしていようかとも思うが、バイトの子が二人分のウーロン茶を運んできてしまったし、太田さんの微笑がトリモチみたいにくっついているようで、席を立つきっかけがつかめない。かといって、「遅いですねえ」と言うほかに、二人で話すこともない。離れで二人でいるときのぞんざいな口調を、今日は敬語に直しているから、よけい調子がつかめない。

太田さんのほうは、べつに困ってはいないようだ。むしろ普段より落ち着いている――あの離れでも離れの外でも、こんなに落ち着いた太田さんを見るのははじめてかもしれない。落ち着いている、というのが正確でないならば、びくびくしていない。

堂々としている、というのとも違うが、普段、びくびくしたりおどおどしたりしている部分を、家に忘れてきたように。あるいは、その部分を、今日はべつのことに使っているかのように。

艶のせいかもしれない。

湊はふとそう思った。艶、という名前を自分が覚えていて、その名前がごく自然に頭に浮かんだことに少し驚きながら。

太田さんの別れた奥さんの名前。たしかに意外な事実であったのには違いない。太田さんが結婚していたことがあったなんて知らなかったし、想像もしていなかった。別れたのは二十四年前だそうだ。その数字を考えることもなくすらっと口にしたのは、別れてからの月日をいつも指折り数えていたからではないのだろうか。そのくせ、どんなふうな馴《な》れ初《そ》めだったのかとか、どうして別れたのかとかは喋《しゃべ》らなかった。もちろん、湊が聞かなかったということもある――聞かなければ話すだろう、と高をくくっていたのだ。

「遅いですね」

また同じことを呟《つぶや》いてしまった。実際、遅すぎる。もうすぐ一時半になろうとしている。

「来ないんじゃないかな」

太田さんがぽつりと言った。湊を気の毒がっているような言い方なのが癇《かん》に障《さわ》る。

あんたの部屋でしょ、と口に出さず言い返す。

そうだ、携帯にかけてみればいいんだ、なぜそのことに気づかなかったのだろうと思いながら、その番号が書いてあるはずの入居申込書を取り出したとき、湊の携帯が鳴り出した。


真珠といっても、本物ではないらしい。

樹脂を真珠大に削った球で、それを太田さんは、整形外科で麻酔をかけて入れてもらったそうだ。

「刑務所とかだと、歯ブラシの軸を削って自分で入れるっていうね」

そんな説明を太田さんがしているとき、湊の目の前には、大きくなった太田さんのそれがあった。

それは異様に頭でっかちで、滑稽《こっけい》な様子をしていた。それから、した。真珠を入れるのは女を喜ばせるためであるということを、知識として湊も知っていた。でも正直なところ、最初はあまり気持ちがよくなかった。なにしろ大きすぎるのだ。

とはいえ、ちゃんと入った。最初は痛かったのだが、だんだんそうでもなくなってきた。そして少しずつ、いい気持ちになってきたが、それは真珠のせいというより、湊にとってのセックスはいつもそういうものだった。

ただこのとき、おかしな感覚があった――太田さんの真珠入りのものを受け入れることができたのは、自分のその部分が広がったせいじゃなく、もう一箇所その部分が出現したような感覚。

そしてその部分は太田さんのために生まれたのではなくて、湊のための特別な場所であるようだった。

「何、笑ってんの」

岩瀬にそう言われて湊はちょっとびっくりした。岩瀬はバーテンダーと音楽の話に熱中しているとばかり思っていたから。

「よく一人で笑ってるよな、おまえ」

たぶんその通りに違いないが肯定するわけにもいかず、「なにそれ?」と湊はとぼける。今二人がいるのは岩瀬の行きつけだというバーで、レコードがぎっしり詰まった壁に向かったカウンターに並んで腰掛けている。この店にはカウンター席しかない。誘ったのは岩瀬だった。きっかけは太田さんの部屋がどたんばでまたしてもキャンセルされたことで、「あーあーあー、飲みにでも行くかあ？」という岩瀬の言葉に乗ったわけだが、彼の目論《もくろ》みはまだわからない。この機に乗じて口説くつもりなのか、自分の優位を確立するつもりか、それともただの気まぐれか。

「二人で飲むのってはじめてだね」

湊はそう言ってみる。

「だっけ？」

どうでもよさそうに岩瀬は返して、バーボンのロックをおいしそうにすすった。湊が聞いたこともない名前のバーボンだ。今流れている喧《やかま》しい音楽も岩瀬の気に入りのバンドのものらしいが、やっぱり湊は知らない――さっきバーテンダーと岩瀬との会話の中に出てきたバンド名を、ちょっと聞いたことがあるような気がする程度だ。

岩瀬の片足がずっとリズムを取っていて、曲のさびにかかると、靴がダン！　と床を打った。自分が思わずそうしてしまったことにちょっと照れたように、岩瀬はバーテンダーと笑い合う。まるで湊などいないかのような態度。バイトのあの女の子なら、こういう男にたちまちいいかれるのだろう。

「手付けほかしたんだ？」

不意に話しかけられ、

「え？」

と湊は聞き返した。

「ああ、〝ほかす〟って標準語じゃねえんだよな。捨てるって意味。九州じゃほかすっていうんだよ。ここ来ると戻っちまって。はは。手付け打ったんだろ？　今日ぶっちしたやつら。それ捨てて、キャンセルしたわけ？」

「返したよ。まだ契約前だもん」

「え。返したの」

「そんなことで揉《も》めるの面倒だもん。あっちも、どうでもよかったみたいだけど。どうせ一万円だからさ」

「一万円か」

まあなあ、と岩瀬は呟き、やめてよ、と湊は思う。そんなふうに気の毒そうな声を出されたら、自分がひどく落ち込んでいるような気がしてきてしまう。実際、落ち込む道理はないのだ——入居者がさっぱり決まらないのは太田さんのアパートなのだし、しかも太田さんは、というより太田家は、家賃収入がなくたって別段生活には困らないのだし、つまり施工費《せこうひ》の取りっぱぐれを心配する必要もないのだし、この物件の担当がたまたま湊だったというだけで、責任とかノルマ云々《うんぬん》を強要されるような会社でもないし。

それにしても、あのアパートはいったいどうしていつまでも一部屋も決まらないのだろう？　落ち込んではいないとしても、気味が悪いのはたしかだ。

「あ、これ、知ってる」

聞き覚えのあるリフレインが流れていた。そのことに興味があったわけじゃなく、頭の中のいやな感じを切り替えたくて、呟いた。

「この曲、エアロスミスもやってるよね？　あたし、CD持ってるよ」

「へえー」

岩瀬は面白そうに湊を見た。

「エアロなんて聴くんだ？」

「いや、ファンとかそういうんじゃないけど。たまたま」

湊は慌てて言う。エアロスミスのファンだったのはずっと昔の恋人だった。話を合わせるために一枚だけCDを買ったのだ。

「本家はこっちなんだぜ」

「なんてバンド？」

「ヤードバーズ。てか、何だよ知らねえで聴いてたのかよ」

岩瀬の笑顔は魅力的だ。岩瀬本人も、そのことは重々承知しているのだろう。その感慨とはべつに、あたし岩瀬と寝るかもしれないな、と湊は思う。岩瀬がもう少し積極的に、寝たがるそぶりを見せたら、きっと寝てしまうだろう。何かが欲しいからじゃなく、何かがいらないから、自分は男と寝るのだということに、湊は薄々気づいている。

携帯が鳴った。ディスプレイをたしかめるまでもなく社長からだとわかったので、湊は店の外に出た。

店は町の外れにある。駅からそう遠いわけではないけれど、繁華街とは逆方向にあるので、この辺りは稀《まれ》に車で通りかかるくらいだ。幹線道路の向こうは団地で、まだ十時前なのに、窓に灯《とも》る明かりはなぜか数えるほどだ。赤い象の形の滑り台が、前庭にぽつんと置かれている。

「今、どこ?」

社長は言う。まだ飲んでます、と湊は答える。

「まだ飲んでるの?」

社長は鸚鵡《おうむ》返しに言う。傷ついたような声。もちろん湊が岩瀬と一緒にいることは知っているのだ――今日の帰りがけ、社長を尻目《しりめ》に二人で出てきたのだから。

「僕は今、どこにいると思う？」

自宅に帰っていると思っていたが、そう聞くということは帰っていないのだろう。そう考えながら、

「お宅じゃないんですか」

と湊は聞く。

「はずれ。〝のんちゃん〟だよーん」

いつもの、ママがいる店の名前を社長は言う。やっぱり。それにしても「だよーん」とは。必死になればなるほどどうして人は醜態をさらすのだろう。

「今日、ほかに客がいないんだよ。今日にかぎったことじゃないけどさ。それでママの相手させられてんの。僕一人じゃ太刀打ちできないからさ、そっち終わったら来てよ」

何言ってんのよ。カノジョがいなくてシオタレてるのはそっちでしょ。慰めるのにもう疲れちゃったわよ。電話の向こうでママの声が聞こえる。聞こえるように喋っているのだろう。

「そうですね、行けたら……」

「待ってるよ、来るまで」

社長は甘い声で囁《ささや》いた。電話を切ったあと、その声が、ガムの嚙《か》みかすみたいに耳に張りついている感じがした。

あーあ、と湊は思う。やっぱり社長とは別れることになるかもしれない。そうしたらまた仕事を変えなくちゃならない。

どうしてこうなってしまうのだろう。手に入れて捨てて。手に入れて捨てて。捨てたくないなら手に入れなければいいのに。

店へ戻ろうと思いながら、指が自動的に太田さんの離れの電話番号を押していた。呼び出し音が鳴りはじめると、もうこのあとは太田さんの家へ行くしかないような気持ちになっている。

岩瀬には何と言おうか。ごめん、ちょっと呼び出されちゃって。そう言ったら、岩瀬は私が社長のところへ行くと思うかもしれない。何となく怪しんでいたみたいだから。それでもいい。とにかく、太田さんのことは夢にも浮かびさえしないだろう。

湊は眉《まゆ》をひそめて、電話を眺めた。呼び出し音は鳴り続けているのだ。十二回、十三回、十四回。

一度切り、またかけてみても、電話は鳴り続けるだけだった。

3

太田さんのことを考える。

ゆっくり少しずつ思い出す——子供の頃、贈り物の包装を、端から少しずつ解いていったみたいに。両親からの贈り物はたいていは失望することが多かった。大きな真四角の包みを開けたらそっけない木枠の壁掛け鏡だったり、いかにも素敵なアクセサリーが入ってそうな小箱を開けたら、濃紺のビロードのクッションの上に仰々しく収まっていたのは携帯用のルーペだったり。だからゆっくり包装を解いたのは、期待が裏切られる瞬間を少しでも先に延ばすためだったとも言える。

太田さんの、たとえば指。細いけれども固く筋張っていて、爪《つめ》と節が異様に大きく見える指。それは太田さんの顔の印象とも重なる。めったにないことだがたまに笑うと、歯がぎょっとするほど白く、大きく見える。太田さんの笑顔。その顔で求婚されたことが一度ある。

記憶はまた指に戻る。太田さんの指が、同じように筋張った腕を上下にさすっている。肉がほとんどついていない腕の皮膚にさすられるたびに皺《しわ》が寄り、肘《ひじ》にむかって二重三重に皺がたまっていくのが、波打ち際《ぎわ》を連想させる。

　太田さんは、言うなればもじもじしていたのだった。求婚しようとしてではない——その少し前、湊に難じられて。でも、もしかしたら、難じられているときから太田さんは、求婚のことを考えていたのかもしれない。湊の文句には上の空で。あのとき湊は、太田さんは湊にやり込められて、彼なりの意趣返しというか防御策として、結婚の話を持ち出したのかと考えていたけれど。

　湊が怒っていたのはその日の昼間のことだった。会社の前に太田さんがいたのである。昼食から戻ってきたときのことで、遅い昼休みを一人で過ごしたあとだったから、幸いにも周囲に会社の人はいなかった。

　太田さんは、ツツジの植え込みの横にしゃがみ込み、ちょうど植え込みと同じ高さになって、もう一本奇妙なツツジの木が増えたような案配になっていた。湊を見て、ニコッと笑った——そのときも、白い歯がぬっと見えた。立ち上がろうとした太田さんを、湊は鋭い一瞥《いちべつ》で制して、建物に入った。席についてパソコンのモニター越しに窺《うかが》うと、太田さんがそろそろと立ち上がり、捨てられた犬のような顔でこちらを見ているのがわかったが、素知らぬふりでキーボードを叩《たた》いた。今にもバイトの子か岩瀬が、「あれ太田さん？」と声を上げるんじゃないかとひやひやしていたが、誰かが気づく前に太田さんは立ち去った。

ああいうのほんとに迷惑だからやめてくださいね。その夜、湊は例によって社長とのデートのあとで太田さんの離れを訪ねて、開口一番、そう言ったのだった。普段使わない敬語をわざと使ったのはそっちのほうがより辛辣《しんらつ》に聞こえると思ったからだ。私とあなたの個人的な関係はこの離れの中だけのことなんだから。ああいうことするならもう二度とここへは来ませんから。

うなだれて腕をこすっている太田さんを、湊はずっと睨《にら》みつけていたから、太田さんの唇が震えるように動いたのを見逃さなかった。何？　何か言った？　と湊は、意地悪な女教師のように詰問《きつもん》した。あの部屋、と太田さんは言った。あの部屋？　湊は先を促した。あの部屋、決まると思う？　あのアパート、埋まるかな？　湊は呆《あき》れて大声を出した。何言ってんの？　ごまかさないでよ。

そうしたら、求婚されたのだった。僕のアパート、もしも全部埋まらなかったら、結婚してよ。太田さんはそう言って、ニカッと笑ったのだ。意味わかんない、ありえない。湊は叫んだ。少し笑いもしたが、どれだけ意地悪く笑っても、そのときの太田さんの笑顔には到底太刀打ちできないという感じはあった。ありえないって、どっちが。アパートが埋まらないのがありえないの？　それとも僕との結婚が？　太田さんはいっそうニカニカしながら言ったのだった。

曖昧《あいまい》な雨が朝から降っている。

傘を差さなければ濡《ぬ》れるが、差しても肌がじっとりしてしまうような雨。電話がまた鳴る。

湊のデスクの上の電話だ。電話帳に載っているのは代表番号だけだから、湊個人と付き合いがあるか、湊の名刺を入手しなければ知り得ない番号の電話。それが鳴る。

一回鳴るか鳴らないかのうちに、湊は出た。

「はい。常磐工務店でございます」

沈黙。そこに人がいることを示す微《かす》かな、でも濃厚な気配。すでに無駄だと知りつつ、もしもし？　ともう一度言ってみる。沈黙。吐息か——あるいは笑いの僅《わず》かな切れ端。湊は電話を切った。

周囲を見渡す。誰も何も言わないが、聞き耳を立てていたことがわかる。岩瀬、バイトの女の子、職人のおじさんが一人。社長はいない。体調が悪いから休むという連絡を、バイトの子が受けたそうだ。

「無言？」

助け舟を出す、という感じで岩瀬が言った。湊は頷《うなず》く。

「もう何回目？」

おじさんも言う。六回目かな、と湊は答える。

「七回目ですよ」

と、バイトの女の子。

「十分間隔ですよね」

「社長だったりして」

岩瀬が言うとみんな笑い、それで会話はぷつっと途切れるが、あたらずといえども遠からずだと、みんなも薄々感づいているのだろう、と湊は思う。無言電話をかけているのは社長ではないにしても、社長の不在は、どうやらこの件に関係しているのだろうと。

十分間隔とバイトの子は言ったが、次の電話は約五分後にかかってきた。呼び出し音を数えてみたが、十回鳴っても止《や》まないので、受話器を取った。応答するのをやめてみる。相手もやはり黙っている。俺が出てみようか。いつの間にか背後に来ていた岩瀬の声が届くと、電話はぷつっと切れた。それから間もなく、また鳴り出す。間隔は次第に短くなっていくようだ。

鳴り出したのは午前十時を過ぎた頃だった。九十分近くも繰り返し繰り返し無言電話をかけ続けている——そしてそれ以外のことはきっと何一つしていない——誰かの心の景色を湊は想像してしまう。それで急いで、受話器を上げた。そらで覚えている番号を押す。

「どこにかけたの？」

受話器を戻したとたんに岩瀬が聞いた。今、湊が電話した相手は誰なのか、岩瀬は本当に知りたくて、頃合いを見計らうこともせずストレートに質問したのだろう。お客さん。湊は答えた。でも留守みたい、と。嘘《うそ》ではない——太田さんはお客の一人で、そして今日も留守だったのだから。

そのあとは仕事にならないから湊の机の電話だけ線を抜いてしまった。かかってきそうなところにこちらから連絡するだけで——その連絡の中には太田さんの離れへの再度の電話も入っていた——午前中は過ぎた。十二時少し前に携帯にメールが入り、「お昼行ってきます」と言って湊は会社を出た。

メールの指示通りにタクシーに乗り、ジョイランドという聞いたことのない名前と、所番地を告げた。電車にして三駅下った町で、着いたときには昼休みは半分以上過ぎていた。ジョイランドはその辺りの街道筋にはめずらしくない、スーパーマーケットとゲームセンターと、二、三の飲食店が入った複合施設だった。タクシーを降りたら電話することになっていたが、車の窓から、スーパーの入り口脇《わき》のベンチに座っている社長が見えた。

「大丈夫？」

と社長が眉を寄せて聞いたのは、こんなに遠くまで呼び出して悪かったねという意味なのだろうと思ったら、

「ここに来ること、誰にも言ってないよね？」

と続いた。社長は見るからにげっそりしていて、体臭がきつくなっていた。普段からお洒落《しゃれ》とは無縁の人だが、今日は二本線が入った紺のトレーニングパンツにカーキ色のポロシャツというひどい格好をしている。家にいるときの格好のまま出てきたということだろう。

「こっち、こっち」

かえって人目を引きそうに思えるこそこそした態度で、社長が湊を連れて行ったのは、スーパーマーケットの片隅を囲った狭い喫茶店だった。ほとんどファストフード店のような造りで、手前の席はすべて小さな子供を連れた母親か、それに近い年齢の女たちのグループで埋まっている。

通路まではみ出して泣いたり笑ったりしている子供たちの間をすり抜け、いちばん奥のテーブルまで行くと、そこには社長のものらしい文庫本が一冊すでに置いてあった。「アイスコーヒー二つね」と社長が勝手に注文するのに慌《あわ》てて「ロールサンドも」と付け加えると、「えっ昼飯食うの？」と社長は驚き、なお悪いことには傷ついたような顔をした。

ささやかなウインナソーセージを巻いた分厚いパンをもそもそと食べながら、そのあと社長から聞かされたのは、ほとんど予想通りの顚末《てんまつ》だった。社長は浮き足立ったのだ。このところの湊のそっけなさも手伝ったのだろう。妻にばれたのは手紙が原因だった。思いの丈を、社長は手紙に書いたのだ。どんなに湊を愛《いと》しいと思っているか。一緒に暮らすことを望んでいるか。離婚して湊と再婚するまでのスケジュール。その手紙を妻が読んだ。社長の机の一番下の抽《ひ》き出しの中の、古い日記やアルバムを重ねた下に隠しておいた手紙を彼女は見つけた。今朝、妻の怒号で社長は目を覚ました。

「抽き出しの中なんて、見つかるに決まってるじゃないですか。そういうのは持って歩かないと」

思わず呆れた声を湊が出すと、

「そういうこと、絶対する人じゃなかったんだよ」

と社長は言った。なんだか自慢気な言いかただと湊は思う。

「人の日記見るとか携帯チェックするとか、この世にそんなことする人が存在することすら信じられない、みたいな人なんだよ」

「そりゃ、社長が品行方正なら奥さんだっていい人でいられるでしょうけど、そうじゃなかったわけでしょう？　誰だって、あやしいと思ったら理由を探そうとしますよ」

「品行方正だよ、僕は」

冗談ではなさそうな口調で社長は言った。

「彼女に勘づかれないように、細心の注意を払ってたんだ。家から電話もしなかったし、会社のある日以外は君とはいっさいコンタクトしなかっただろう？　彼女につらくあたったり、寂しい思いをさせることもなかった、そうならないことを最優先にしてたんだから」

湊が黙っていると、社長は幾分慌てたように「いや、君を疑ってるわけじゃないよ」と付け足した。

実際湊は、呆気《あっけ》にとられていたのだった。「品行方正だよ」と社長が言ったとき、「湊との関係を、自分は悪いことだと思っていない」という意味だと思った。違う意味だったことに呆気にとられ、もちろん、妻に関係を勘づかせたのは湊のせいではないかと社長が疑っているらしいことにも呆気にとられた。

「すみません」

不意にあらわれた女性を、二人ともただぼんやり見上げてしまう。母親グループの一人で、椅子《いす》が足りなくなったので湊の横の椅子を運ぼうとしているのだった。

それで我に返ると、周囲に満ちている音や声が雹《ひょう》みたいに湊の上に降り落ちてきた。スーパーの本日のおすすめ商品のアナウンス、子供の喚声、椅子を引く音、母親たちの笑い声。その音の向こうで、社長は再び喋《しゃべ》っていた。……とにかく彼女、ひどくショックを受けたみたいで、ふつうじゃないんだ。僕がトイレに入っても中で誰かに連絡してるんじゃないかと疑って、ドアの外で見張ってるんだ。歯医者の予約があったとかで、突然家を出て行ったから、その隙《すき》に僕も出てくることができたんだよ。……だから長居はできない。会社は、そう長くは休めないけど、今日明日はどうしようもない、僕は家にいて、彼女の心の回復に努めるよ。連絡はこっちからする。心配かもしれないけれど、ぜったいに携帯は鳴らさないでほしい。ワン切りもだめだ。

でも、奥さんとは別れるつもりだったんでしょう？

湊は心の中で言った。あの太田さんのアパートで私と一緒に暮らすためには、その前に奥さんに私のことを打ち明けなくちゃならないでしょう？　その時期がちょっと早まったというだけのことじゃないの？

　もちろん言わなかった。心に浮かんだそばから、それがもはや意味のない科白《せりふ》だということがわかった。必要があると「うちの奥さん」とこれまでは呼んでいた女性のことを「彼女」と社長が呼ぶのを聞いたのは今日がはじめてで、そのせいかその女性は、この世界に今日突然あらわれたように感じられた。

　そして社長も同様だった。目の前にいる人は不意に、湊が知らない、知りようもない男になった。ださい格好をした冴《さ》えない初老の見知らぬ男。

　湊に夢中で、べたべたしてきて、湊をうんざりさせたときも、社長はださい格好をした冴えない初老の男だったが、それでも湊は、その男を知っていたのだった。あーあと思い、たぶん早晩別れるだろうなと予測していたときでさえ、知っていたのだ。

　でも今は、知らない。

　自分がこの世で何よりも嫌いで、それを避けるためだけに日々を費やしてきたと言ってもいいのに、結局いつでも避けられないのはこのことなのだ、と湊は思った。一人の男を知り、そして彼があるとき知らない男になること。

4

しかし実際にその女性を目《ま》の当たりにしたとき、湊は艶のことを思った。

その女性の姿形が、頭の中に思い描いていた艶のイメージにぴったり重なった、というわけではない。艶に抱いているイメージなど朧《おぼろ》げなものだった。むしろその女性を見たとたん、彼女の佇《たたず》まいが、艶に取って代わったのだ。

社長の妻は、昼休み、湊が社長と会っている間に、会社に来ていたのだった。湊が戻ったときには、新任の社長みたいに、社長の椅子にどっかりと座っていた。きれいにカールを作った栗色《くりいろ》の髪を肩まで垂らした、大柄な人だった。化粧は濃いめだったがはっきりした顔立ちによく映えていて、白地に大きなブルーの花柄のワンピースも相俟《あいま》って、往年の大女優、という風情《ふぜい》もあった。

艶。と思ったのが先だったから、社長の妻だというその状況で当然なされるべき認識はしばらくあとにきて、その間、湊は遠慮も臆《おく》することもなくつくづくとその人を眺めてしまった。すると相手はそうされることが日常である人のように——まさに大女優のように——湊の視線を受け止めていたが、やがて涼やかな声で、

「あなたが湊さん？」

と聞いた。

この人は社長の奥さんなのだと、それでようやく湊は気がついたのだった。頷かなかったがそんな姑息《こそく》なことをしてみても、相手はとっくにそのことは了解済みのようだった。ニッコリ笑って、湊の代わりのように頷いた。

「あなた、主人のキャッシュカードを預かったりしていない？」

湊は首を振った。

「そう？　たしかに？　預かってること、もしも思い出したら教えてくださいね。ほかの方もね」

それから社長の妻は滑らかな動作で、社長の机の抽き出しを上から順番に開けていった。開けるたびに中のものをひとつずつ机の上に出し、ノートの表紙をめくってみたり、小箱を開けて中の印鑑をじっと観察したりした。小一時間ほどもそうしていた。

「結局二時間以上はいたな」

岩瀬は言った。昼休みがはじまって間もなく、湊と入れ替わりくらいに、社長の妻はあらわれたらしい。湊が戻る以前にも社長の机の中をあらためていた——つまり彼女は二時間の間、同じ作業を何巡も繰り返していたらしい。

「なんか、大変そうだね、君たち」

岩瀬はタバコの煙を吐き出して、顔をしかめた。笑ったのかもしれない。芳香剤とタバコの匂《にお》いが混じって、始終車酔いしていた子供の頃、タクシーに乗ったときのことを思い出させた。湊と岩瀬は今、ラブホテルの一室にいるのだった。二人ともかなり酔っぱらっていた。でも一度目のセックスはちゃんとできた。

「わかっちゃった？　あたしと社長のこと」

湊は壁に寄りかかっているので、ヘッドボードにもたれた岩瀬とは直角の位置だ。投げ出した足が岩瀬の足首と交差している。

「まあそうなんだろうなとは思ってたけど」

きっと俺だけじゃないけどな、と付け足して岩瀬はまたしかめた。

「わかったから岩瀬君もあたしと寝ることにしたの？」

「そういうわけじゃないよ、前からやりたかったんだよ」

「やりたかったんだ？」

湊は笑った。心から笑ったのだったが、すると岩瀬はちょっと取りなすように、

「やりたいと可愛《かわい》いはおんなじ意味よ、男にとっては」

と言った。

「男にとっては、じゃなくて、俺にとっては、でしょう」

今しがたの行為を思い返しながら湊は言った。一度目が終わってしまったのは残念だった。誰とでも、はじめてのときがいちばんわくわくする。今度こそ何かすばらしいことが起こりそうな気がするのだ。でもいつも何も起こらず、それは終わってしまう。ただ寝た男だけが増えていく。

「たいていの男は俺と同じじゃねえの」

岩瀬はぶつぶつと答えてから、

「ていうかおまえさ、本読むみたいに言うなよ」

と言った。湊はまた笑った。

「男にとってじゃなくて岩瀬君にとって、可愛いとアイシテルはおんなじ？」

「そりゃまたきびしい質問だな」

岩瀬は両足で湊の足首を挟んで引っ張った。そして答えないまま二回目にとりかかったのは、やっぱりおんなじじゃないからなんだろうと湊は思った。

岩瀬が社長と違ったのは、ホテルを出たあと、あらためて飲みに行こうぜと誘われたことだった。疲れたからと断ると、岩瀬は一人繁華街のほうへ歩いていったので、湊は一人でタクシーに乗ることができた。

そうなったことである予感めいたものがあって、太田家のほうへ車を回すと、離れの電気が点《つ》いているのが見えた。通用門のすぐ前まで湊はタクシーを乗りつけた。運転手に代金を払って車を降りると、最初の夜のように、五メートルほど先の暗闇《くらやみ》の中にぼうと太田さんの姿が浮かび上がった。

「久しぶりだね」

離れに入ると、太田さんはそう言った。この日はちゃんと玄関から、太田さんは湊の先に立って室内に入っていき、部屋の真ん中でくるりと振り返って発声した。湊は三和土《たたき》で突っ立っている格好になった。「久しぶりだね」なんて言葉が、今まで太田さんの口から発せられたことはなかった。そのことに自分でもおかしいほど、じくじくと腹が立ってくる。

「そう？」

と湊は答えて、座敷の入り口に座った。いつも座るところに太田さんが立っているから、距離をとった。

「僕、O島に行ってたんだよ」

立ったままで太田さんは言う。今日も着流しで、髪が普段より乱れているので、創作に行き詰まった文士の体《てい》だ。

「O島？」

突然あらわれた地名が宙に浮いてしまう。O島ってどこだっけ。たしか離島だ。東京都だっけ？

「艶さんのところ？」

「うん……そう」

太田さんのびっくりした顔を見て、しまったと湊は思う。名前を覚えていることがわかってしまった。

「亡《な》くなったの？」

急いでそう続ける——そのことが気になって覚えていたのだというふうに。

「まだ」

太田さんは幾分憮然《ぶぜん》とした顔でそう答え、いつかと同じやり取りをしてる、と湊は思う。

太田さんはその場に座った。落ち着いた、というよりも、むしろ不意に落ち着きを失ったためにそうしたように見えた。無意識に胡座《あぐら》をかき、そうすると前がはだけて下穿《したば》きが覗《のぞ》くことに今はじめて気がついたというように、そそくさと正座になり、それからまた膝《ひざ》をくずして、女のようなおかしな座りかたになった。まあ似たようなものだけど、と呟《つぶや》く。え？　と湊は聞き返す。

「まあ死んだのと同じようなものだけど。もういつ死んでもおかしくない状態だったから。今日あたり通夜かもしれない」

「つや……」

湊は呟いてみたが、それが太田さんの別れた妻の名前なのか、その人の通夜のことなのか、自分でもわからなかった。でも太田さんは、通夜のことだと思ったらしい。もう行かないよ、と言った。

「死ぬ前に行ったのは、生きてるうちに会いたかったからじゃなくて、葬式に出たくなかったからなんだ。葬式には、会いたくないやつらも来るだろうからね」

「会いたくないやつらって？」

「いろいろあった女だから」

「女」という言葉は太田さんには似合わない。湊は思う。いや、もしかしたらよく似合っているのかもしれない。ただ太田さんの口からそんなふうな種類の単語が発せられたのを聞いたのがはじめてだということだ。

こんなふうに自分からたくさん喋る太田さんもはじめてだ。太田さんが知らない男になろうとしているのを湊は感じた。社長や、これまでに関係した男たちがそうなってしまったように。

それを自分がとどめようとしているのか、それとも早く終わらせようとしているのかわからないまま、

「どうして別れちゃったの？」

と湊は聞いた。太田さんはしばらく視線をさまよわせてから、

「できなくなったんだ」

と答えた。

湊もしばらくぼうっとして、その意味を考えた。それから気づいて、

「真珠のせい？」

と聞いた。

太田さんは首を振った。

「艶を愛しているときは、入れてなかった」

太田さんは湊の手を取り、そこへ導く。

「真珠は、別れてから入れたんだ」

湊の手の下で真珠が動いた。それはすでに固くなりはじめていた。そしてすでに湊の知らないものになっていた。

3　艶《つや》の愛人だったかもしれない男の妻、橋川サキ子（60歳）

I

日曜日ごとにその町へ行くので、近頃は顔見知りもできた。駅前のそば屋に入ってたぬきそばを注文すると、

「先週来なかったね」

と店の女が笑いかけた。

気安すぎるような口調だが、六十歳前後という年格好も同じくらいだし、着ているものや雰囲気からも親近感がわくのだろうとサキ子は思う。風邪ひいちゃって、と答えた。嘘《うそ》だが、体調が悪かったのは本当だった。久しぶりに喘息《ぜんそく》の発作が出たのだ。

だがそれを言うと話が長くなるだろう。

「この近く？」

伝票をテーブルに置いて、女はまた聞いた。うん、とサキ子は女の口調を真似《まね》て答えた。実際には都内の自宅から、電車を乗り継ぎ片道三時間かけて来ている。だがそれを言ったら、そんなことをしている理由も話さなければならない——わざわざ遠方から来るような町ではないから。そうして、理由を言ったら、女はもう二度と話しかけてこないかもしれない。

「日曜日に休めるっていいね」

「それだけはね」

次は仕事のことを聞かれるかと思ったが、女はそのまま厨房《ちゅうぼう》の中へ戻っていった。調理しているのは彼女の夫なのだろうとサキ子は考える。これまで一度も顔を見せたことはないが、どんな男だろうと想像してみる。夫婦二人で切り盛りしている小さな店。日曜日の午後一時過ぎという時間帯だが、客はほかに隅で新聞を読みながらざるそばを食べている中年男ひとりしかいない。

たぬきそばの真ん中に臍《へそ》のように浮かんでいるナルトを見下ろしながら、この町に来るようになってもうすぐ三年が経《た》つことをサキ子は思った。

いつ来ても閑散としている町だ。

細い商店街の両側に並ぶ店は、ほとんどが閉まっている。駅前のそば屋に、顔を覚えられるほど通うことになったのは、そもそもほかに開いている飲食店が見あたらないせいだった。

平日のほうが逆にもう少し賑《にぎ》やかなのだろうか。海辺の町だから、季節柄もあるのかと最初は考えていたが、秋や冬と同じように夏になってもしんみりしていた。

気温は都内よりも少し温かいように思う。湿り気のせいか。今日は四月の第二日曜、風もなく、もったりとした晴天で、歩いていると少し蒸し暑ささえ感じる。商店街を抜けると、もう海だ。色のない砂浜、色のない海水。夜にはただの闇《やみ》になるだろう。いつかそれをたしかめなければと思っているが、まだ、夜に来たことはない。夜この町にいるためには泊まりがけで来なければならないだろう、その算段も面倒だし、まだ先に延ばしておきたい気持ちもある。

防波堤に沿って、サキ子は海辺をただ歩く。

波打ち際《ぎわ》を歩くときもあるし、防波堤のすぐ下を歩くときもある。今日は海のほうを歩いた。不意に大波が来て靴からスカートの裾《すそ》までぐっしょり濡《ぬ》らしてしまったことがあるので、慎重に、あまり際までは行かずに。

岩場まで歩いたら、回れ右して来た道を戻ることもあるし、階段を上っていったん道路に出て、岩場を越えてから、また浜に降りてもっと先まで行くこともある。あまり歩かず、適当な場所に座ってぼうっとしていることもある。今日は岩場まで行き、平らで乾いている場所を見つけて座った。

気ままに行動しているようでいて、実際のところは困っている。この町にはあまり長い間いたくない——正直言って、電車が駅に着いたときから帰ることばかり考えている。歩きたくない場所を歩くために毎週貴重な休日が潰《つぶ》れることに、ときどきがまんがならなくなり、そうするとたいていは喘息の発作が起きる。だが症状は一晩で治まって、結局翌週にはまた出かけることになる。

もちろんこの町へ来るようになったのはサキ子自身の意思による。誰かから命じられたわけではない。来るのをやめないのも自分の意思だし、やめたくない、と思っていることもわかっている。だがいつからか、誰かに見張られているような気持ちになってきた。誰に？　仁史《ひとし》ではない、と思う。夫はこの海で死んだ。三年前の冬の夜、入水《じゅすい》したのだ。だが彼が見張っているとは思えない。見張っている者がいるとしてもそれは仁史ではないと思う。あのひとに見張られてたまるものか。

浜は海水浴場だが、シーズン以外はたいていはまったく人の姿がない。埃《ほこり》を被《かぶ》ったような濃い緑の木々がこんもりと繁《しげ》った崖《がけ》の向こうから、小舟が一艘《そう》あらわれて沖へ向かう。

夫に見張られている気はしないが、ただときどき、夫の気配を感じることがある。今、ここにいる夫ではない、あの夜、自ら命を絶つためにここへ来たときの夫の気配。それは気配であって想念などではないので、生前、ともに暮らしているときにそうだったのと同じく、サキ子にわかるのは、夫がそこにいるということ——自分の近くの空間を、夫のかたちぶん占めていること——だけだ。彼の心の中はわからない。だからもちろん、彼が死んだ理由もわからない。さっぱり。三年この町に通い詰めても、欠片《かけら》さえ手に入らない。

サキ子は海のほうへ目をこらす。

目をぎゅうっと閉じて、ぱっと開けると、目の前の景色の中に仁史の背中がぼんやりと浮かぶ。海へ向かってゆっくりと確実な足取りで歩いていく夫の背中。

その光景は、彼が死んだばかりの頃によくサキ子の夢の中にあらわれて、その度に脂汗《あぶらあせ》を流すような心地で目覚めたものだった。だが今はもうその夢を見ることはない。かわりに自ら思い浮かべる。ビデオを巻き戻すように、何度も何度も、海へ入っていく夫を眺める。

「日焼けしてるね」

多恵さんが言う。

大きなタッパーの中から無造作にかつお節をつかみ取り、ぐらぐら煮立っている文《ぶん》化鍋《かなべ》のお湯の中に放り込む。

「そう?」

サキ子はストッカーの下にボウルをあてがい、目盛りを最大に合わせてレバーを引いた。ざあーっという音を立てて米が出てくる。よいしょっ、とかけ声をかけてボウルを持ち上げて流しへ運ぶ。

「山登りでもしたみたい」

サキ子は水道の蛇口をひねる。答えなくてもいいように、わざと勢いよく米をとぐ。

折良く亜弓《あゆみ》さんと美園《みその》さんが入ってきた。

おはようございます、と体育教師のように挨拶《あいさつ》するのが亜弓さんで、それよりずっと弱々しく、おはよーう、と続けるのが美園さんだ。生鮮市場で仕入れてきた食材の袋を、二人はカウンターの上にどさっと置く。

「今日は牛スジが出てたからカレー仕込むよ。あ、もう出汁《だし》とっちゃってる？」

「だって出汁は朝いちばんにとっとくようにって言ってたでしょう」

　多恵さんが反抗的に応じる。ああ、いいよいいよ、出汁は何にだって使えるから。

亜弓さんはつかつかと文化鍋に近づいてきて、できあがったばかりの出汁を小皿に取って味見し、

「え、何これ、ばかに濃いわねえ」

　と顔をしかめる。

「あら、そう？」

「濃いよ、それにかつお臭い。ちゃんと量って入れてくれた？」

「毎朝のことだもん、目分量でいいと思うけどねえ。一グラム二グラムが気になるって言うんなら仕方ないけど」

　亜弓さんは何か言い返そうとして黙る。かわりに「呆《あき》れた」という顔でサキ子と美園さんを見渡してから、「じゃあ今日もよろしくー」と明るい声を出す。亜弓さんはこの店のオーナーだから、言い争いで作業が滞るのは困るのだ。この程度の衝突は日常茶飯事だからサキ子には気にもならない。「カレーが出るんなら丼《どんぶり》型多めに出しとかなきゃね」と美園さんも言う。

総菜屋「日々」で働く女はこの四人きりで、いちばん若いのが亜弓さんで五十歳、多恵さんと美園さんは五十代後半で、サキ子が最年長だった。死別、離婚、未婚の違いはあるが、現時点で独身であるということは共通している。ひとりもんでしょ？　やっぱりね。それが採用基準だもん。四人目の従業員としてサキ子がはじめて店に出た日、多恵さんからまず言われたのがそれだった。

働きはじめたのは、仁史が死んで間もなくだった。元公務員だった夫の入水自殺には少なからず話題性があったらしくて、親族のほかは誰にも詳細を明かしていないにもかかわらず、気がつくと誰も彼もが知っていた。自殺の理由が、サキ子には本当にまったく見当もつかないということがわかると、勝手な推理をしてみせる人たちまで出てきて、とうてい堪えられなくなり、郊外に夫が買った小さな建て売り住宅から逃げ出した。

家を売り、離れた町に、ひとり暮らしに適当な広さの一部屋を買った。そういう算段や手続きはすべてひとり息子がやってくれた。息子は遅い結婚をして、子供はなく、すぐ近くの町に住んでいる。

引っ越して家の中が片付いた頃、サキ子は夕飯の買い物をするために町へ出て、「日々」を見つけた。料理をする気力も、そもそも食欲というものがさっぱりなくなっていたが、餓え死にする気はなかったので、何か出来合いのものを買って帰ろうと思って覗《のぞ》いた。ショーケースに並ぶ家庭的な総菜を見て、思いがけず「おいしそう」だと思い、それから、横の壁の上の「従業員募集」の張り紙に目を留めたのだった。

切り詰めて暮らせば、生活のために働く必要はなかったし、息子にもそう言われた。けれども働くことはやはり必要に思えた――正確に言えば、「日々」の張り紙を見たとき、ここで働こう、となぜか突然閃《ひらめ》くように思い立った。といって、「日々」という店そのものに、格別強い印象を受けたわけでも、ある思い入れを抱いたわけでもなかった。もしも正常な精神状態だったら、よく知らない町ではじめて入った店でいきなり「あの、従業員に応募したいんですけど」などとは決して――たとえ生活がかかっていたとしても――サキ子は言い出せなかっただろう。夫が死んで以来陥っている夢遊病のような心地はそのときもあって、ただその一部で、ままならない人生や運命といったものとどうにか折り合おうとする意思が、辛《から》くも働きはじめていたということなのだろう。

その町は都心に近いが、エアポケットのように静かで退屈な町だった。「日々」を利用する客のほとんどは近所の住宅街の主婦だったが、それだけでも結構繁盛《はんじょう》していた。

「サキ子さーん、友ちゃんが来たよ」

店頭に出ている美園さんの声で、サキ子はキャベツを千切りにする手を止めた。友ちゃんというのは息子の妻の友代のことで、ひと月に二度くらい、たいていは客が捌《は》けた二時過ぎくらいにあらわれる。

「久しぶりね。元気だった？」

美園さんもいちいち私を呼ばなくていいのに、と思いながらサキ子は嫁の顔を見に出ていく。友代は息子の康太《こうた》の八つ下だからまだ二十四歳で、孫ほどの歳《とし》ではないにしても、サキ子には自分とはべつの種類の生き物みたいに感じられる。

「カレー、売り切れっちゃって言われちゃってー」

友代は甘ったるい声で笑顔を作る。かぎ針編みの花を繋《つな》げたカラフルなカーディガンに、ジーパンを自分でちょん切って作ったような、足の付け根すれすれのショートパンツという、いつもながらサキ子が、総菜を買いに来るのにはまったくふさわしくないと思う格好をしている——じゃあどこならふさわしいかといえば、それもさっぱり思いつかないのだが。友代は小さな劇団に所属する女優だ。

「ああ、カレーは人気だから、一時過ぎにはなくなっちゃうのよね。オムライスはどう？　カレーに使ったお肉がこっちにも入っているから、おいしいわよ」

「えーマジで？　じゃあそうしようかな。オムライス二つとー、あとはえーと、葱《ねぎ》サラダとカジキの南蛮漬けと」

分量からしてひとり分の昼食とは思えず、もしかして息子と食べる夕食がこれなのだろうかとサキ子は思う。思うが、もちろん友代にたしかめたり、ましてや苦言を呈したりしようとは思わない。毎晩心尽くしの食卓を整えたところで、そんなこととは無関係に人は死んだりするものなのだから。

「あ、そういえば、電話かかってこなかった？」

総菜のパックを入れたビニール袋を受け取ると、友代はふと思い出したように言った。

「電話？　私に？」

「うん、今日、うちにかかってきたの。用があるのはお義母《かあ》さんになんだけど、今の家の番号がわからなくて、それで、うちの電話は知ってたから、こっちにかけたんだって。なんかお義父《とう》さんの知り合いみたいな感じだった。それでお義母さんの携帯の番号教えちゃったんだけど、よかったよね？」

わかったわとだけサキ子は答えた。いいも悪いも、もう教えてしまったんでしょうと苦々しく思いながら。

前の家からこちらに移るときに、電話番号変更のアナウンスを残すサービスを断ったのは、悪意の人とも善意の人とも、以前の生活を知っている人とはもう一切話したくなかったからなのに。息子はそのことがよくわかっているはずなのだから、この娘もそれくらいは理解していると思っていたのに。

その電話がかかってきたのはその日の夜十時前だった。

むろんサキ子はもう家にいた。漫然と眺めていたテレビを消し、風呂《ふろ》に入ろうと立ち上がりかけたとき、その電話をサキ子のために買ってくれたとき康太が呼び出し音として設定した「アルプス一万尺」のメロディーが流れ出した。

電話が鳴っても出るのはやめよう、と決めていたのだが、構えていた間は鳴らず、忘れかけていた頃に突然鳴り響いたので、ぎょっとしてつい通話ボタンを押してしまった。

「もしもし？」

相手はしばらくの間黙っていた。もしもし？　とサキ子がもう一度言うと、

「こんばんは」

という男の声が聞こえた。暗くて弱々しい声だった。

2

いつでも思い出すことがある。

思い出そうとするのではなく、気がつくとそのことが頭にある。

最後の日——夫を最後に見たときのこと。

二月だった。午前十時頃。サキ子は掃除機をかけていた。二階から夫が降りてきて、何か言った。

え？　とサキ子は聞き返した。掃除機を止めた。夫は居間の戸口に立っていた。焦《こ》げ茶色《ちゃいろ》のダウンジャケットのポケットに両手を突っ込んで直立していて、工事現場によくある看板のイラストみたいに見えた。

煙草《たばこ》を買いに行ってくる、と夫は言った。

サキ子は再び掃除機のスイッチを入れた。そのあとすぐ、庭に面した窓を開けた。今しも玄関を出て、門のほうへ向かおうとする夫に向かって、鍵《かぎ》をかけていって、と声をかけた。その頃、押し込み強盗の事件が続け様にニュースになっていたから、気をつけるようにしていたのだ。ああ、とか、うん、とか、夫は返事をしたはずだが、じつのところサキ子はよく覚えていない——それが最後の夫の言葉であったはずなのに。いい香りがして、ふと庭を見渡すと、隣家から張り出した桃の枝に濃いピンクの花がいっぱいついていて、あら、いつの間に？　と思ったことは覚えている。それを夫に教えようとしたことも。だが教えなかった。なんだか気恥ずかしかったし、ちょうどいい言葉が見つからなかった。それに夫の足取りは幾分、そそくさとしたものだったのかもしれない。

夫はそれきり帰ってこなかった。

サキ子は繰り返し思い返す、だがそれは、あの海辺の町で、海に向かって歩いていく夫の姿を繰り返し想像することと同じく、何にもならない。たとえば、もしあのとき桃のことで呼び止めたら、夫は死ななかっただろうか、と考えてみても、あの日死ななくても、べつの日には死ぬのだろう、と思えるだけだ。

何の予兆も気配もなく、書き置きの一枚もなく突然夫に死なれたことは、あまりにも乱暴でむちゃくちゃで、その事実の前では桃も掃除機も煙草も、何の意味も持たない。そう感じるのは、そのほうが楽だからだろうか。記憶そのものが知らず知らず改ざんされているように思えるときもある。思い出しやすいように、自分に非はなかったと信じ込むことが容易になるように。

それでもサキ子は思い出し続ける。そうするのは、記憶をたしかにするためではなくて、不たしかにするためなのかもしれない、と薄々思いながら。

電話をかけてきた男に、サキ子は腹を立てていた。

男の言うことはさっぱりわからなくて、にもかかわらず、顔や手に何かべたべたしたものをなすりつけられて、それがいつまでも取れないような感触があったから。男はやはり仁史のことで電話をかけてきたのだが、それまで夫のことでかけてきた人たちとは違っていた。それまでのたいがいの人は、サキ子に何かを教えようとしていたが、男は教えてほしがっていた。

サキ子は呆れた——仁史の死のことで、自分に教えられることがあるわけはないではないか。そのことはまったくわからない。わからない、とばかり思っていて、そのおかげで、こういうとき当然見舞われるべき悲しみとか苦しみの総量を、幾分免れているのではないか、と思うほどなのに。その私から何かを知ろうとするなんて。

男はマツオと名乗った。松尾なのか松男なのかわからない。まさかいきなり下の名前を名乗りはしないだろうと思うが、いかにもそういう非常識をしそうな感じでもあった。びくびくしているくせに押しつけがましく、陰気くさいのに甘ったれたところがあった。若造みたいな話しかただったが、実際は自分と同じくらいの歳に違いない、とサキ子は感じた。

電話に出てきた名前はもうひとつあって、マツオよりもそちらのほうが印象は強かった。どういう漢字があたるのかマツオがわざわざ説明したせいかもしれない。その名前は、艶、というのだった。艶はマツオの妻で、今、死にかけている。死にかけている艶とマツオは、O島にいるという。


「O島って、飛行機でも行けるのよね」

「日々」の厨房《ちゅうぼう》で、サキ子はわざとそんなふうに話題にしてみる。O島になんか絶対に行くつもりはないことを、自分自身にたしかめるために。

「O島？　ああ、この前テレビでやってたね、三十分足らずで行けちゃうのよねぇ」

美園さんが答える。夕方出す肉じゃが用のじゃがいもを二人でむいていて、多恵さんはうしろで春巻きの具を炒めている最中、店頭には亜弓さんが出ている。

「飛行場もC市にあるから羽田より全然近いんだよね」

多恵さんが背中を向けたまま口を挟む。

「くさやがおいしいんだよね。あと青唐辛子。あれおいしそうだったなあ、白身のづけみたいなやつ」

「べっこう漬けでしょう。そうそう。お鮨《すし》にしてあるのね」

二人とも同じ番組を観《み》ていたらしく、そうしてサキ子がO島のことを言い出したのも、それを観たからだと思っているようなので、サキ子は適当に調子を合わせた。

「温泉もあるんだよね。行かない？　みんなで」

とうとう多恵さんが、そんなことを言いだした。いいわねえ、と美園さんもめずらしく積極的に応じている。

「どう？　サキ子さん」

「うん、いつか行きたいね」

「だめよ、いつかなんて」

多恵さんはコンロの火を止めて、ぐるっと向き直って強い声を出した。いつかっていうのは、絶対来ないんだから。行く気がほんとにあるんなら、今ちゃんと日にちを決めないとだめなの。

「来週の日曜はどう？」

多恵さんは挑戦的にサキ子を見る。

「あたしはいいけど」

美園さんがおずおずと答えた。

「来週はだめだわ」

サキ子がそう言うと、ほーらやっぱりね、と多恵さんは意地悪い笑いを見せた。O島に本当に行きたいわけじゃなく、私を試しているだけなのだ、とサキ子は思う。私を探ろうとしているのだ。

そんなに知りたいのならもう全部話してしまおうか。サキ子は突然そう思った。来週O島に行けないのは、毎週同じ海辺の町に出かけているせいだと。三十二年連れ添った夫が、煙草を買いに行くといって家を出て、そのまま駅から電車に乗り、また乗り継いで、その町へ行き、夜を待ち、あとに残される者のことなど間違いなく露ほども考えることなく、てくてくと浜辺を歩いて、風呂にでもつかるように海に入っていったからだと。

そうして聞いてみればいい。ねえ多恵さん、どうして夫はそんなことをしたんだと思う？　と。夫に何があったんだと思う？　やっぱり私がいけなかったんだと思う？と、昨日の電話のマツオみたいに、聞きたいことは何でも聞いてみればいいのだ。

それは不意の、自分でも驚くほど切実な、抗しがたい衝動で、今までずっとそうしなかったのはどうかしていた、とさえ思えてきて、サキ子は実際もう少しで喋《しゃべ》りはじめるところだった。「私の夫は自殺したのよ」という最初に口に出すべきセンテンスは、けれども自分の音声になったところを想像するとなんだかひどく妙に——いっそ滑稽《こっけい》に——感じられ、そのうえそれ以外の言いかたは思いつかなかったので、幾らかの空白の時間ができた。するとその間に美園さんが、「まあ、飛行機代のことも考えなきゃいけないしね」と取りなすような発言をして、サキ子ははっとし、自分がそれこそ「どうかしていた」ことに気がついた。

その日は午後に康太が来た。

午後四時前、ちょうどサキ子が休憩を上がって店頭に出たときに、向かいの雑貨屋とクリーニング屋の間の路地を、歩いてくる姿が見えた。

康太は仁史よりも背が高い。仁史もその年齢にしては背が高い男だったが、康太は小学五年頃からぐんぐん伸び出して、百八十センチを越える上背になった。顔立ちは仁史よりもサキ子に似ている。目が垂れていて唇はぽってりと厚いが、体格がいいせいで全体として女っぽいというよりはやさしげで、穏やかな感じに見える。

それでもやはり仁史と似ているところがある。姿の輪郭が曲線だけでできているような感じや、歩きかたのリズム。それは容貌《ようぼう》ではなくて性質の共通点による印象なのかもしれない。だが、では夫はどんな性質だったのかと考えると、サキ子はもうおぼつかなくなっている。穏やかで声を荒らげることなどない人だった、思いやりがあった、ときどき子供っぽい頑固さをあらわすこともあった、そんなふうにいくら思い返してみても、煙草を買いに行くといって死なれたあとでは、すべてがぱたんぱたんと裏返しになっていくように感じられる。

「めずらしいね。今日は休みなの？」

薄い微笑を浮かべたまま、母親のほうから何か言うのを待っている康太に、サキ子はそう言った。うん、と康太は頷《うなず》く。休みを取ったんだ、ちょっとね、疲れちゃったから。康太は税理士で、同じ職種の友人三人と、近くに事務所を構えている。

康太はショーケースを一瞥《いちべつ》して、一人分ずつパック詰めして売っているあんかけチャーハン一つと、ブロッコリーと玉子のサラダをもらうと言った。夕食にするのかとサキ子が聞くと、「まあそんなもの」と答える。

「友代さん今日はいないの？」

「うん、仕事。あ、今日は芝居だったかな」

友代がいろんなアルバイトをはじめたりやめたりしていることをサキ子は知っている。康太が彼女の「仕事」というのはそちらのことだ。

「この前、友代さん来たわよ」

サキ子がそう言ったのはたんなる話の接ぎ穂のようなもので、だから康太がすかさず、

「いつ？」

と聞いたとき、その語調の強さや表情の険しさに驚いた。

「二、三日前くらいだったかしら」

一昨日《おととい》のことだとはっきり覚えていたが、そんなふうに答えた——なぜかそのほうがいいように思えて。母親の心を読んだように康太は表情を曖昧《あいまい》にして、

「あ、そう？」

とだけ答えた。

「息子さんいい男じゃない」

康太が帰るとすぐ、多恵さんが声をかけてきた。

「お母さんの様子見に、わざわざ店まで来てくれるなんてやさしいわねえ」

「わざわざってわけじゃないのよ。家も職場もこの近くだから」

何となく言い訳をするようにサキ子は答えた。

「近くだって来ない子は来ないよ。あんな子供さんがいたら安心でしょう」

多恵さんは羨《うらや》むというよりは責めるように言い、すると総菜を補充しに来た美園さんが、

「亡《な》くなったご主人って何してた人？」

と脈絡なく聞いた。


仁史が死んだとき、康太はすでに実家を出て、今現在のマンションで暮らしていたが、まだ結婚はしていなかった。

友代ではない、べつの女性と付き合っていた。康太よりも二つ年上だったその女性は、康太に連れられて実家にも何度か食事に来たことがあるので、サキ子も会ったことがあった。出版社に勤めていて、その会社は康太が独立する前に働いていた会社のそばだったので、近所の食べ物屋でよく顔を合わせたのが交際のはじまりだったということも知っていた。いろんなことをよく知っていて、でもそれを鼻にかけるようなところがない、よく笑う気さくな人だった。ぱっと人目を引く美人ではないけれどおっとりと女らしい雰囲気があった。早晩二人は結婚するのだろうとサキ子は考えていた。

仁史の葬式のときにも彼女は来たが、結局それがサキ子がその人に会った最後にな

った。葬式が済み、いろんなことの整理がついた――あるいは、整理がつくことと整理がつかないこととがはっきりした――頃、ひさしぶりに康太が実家にやってきて、結婚することにした、と言ったが、その相手は彼女ではなく、友代だった。

そのことと、仁史の死――あるいは死にかた――とが、どれほどかかわっているのかサキ子にはわからない。もしかしたらまったく無関係なのかもしれない。いろいろ考えてみても推測の域を出ないので意味がない。もともとあまり自分の心の内を明かすほうではなかった康太と、仁史の死についてはほとんど話らしい話をしていない。親父《おやじ》はどうして死んだのかと、康太はサキ子に一度も聞かなかった。自分が聞かなくてもうんざりするほど大勢の人が同じ質問を母親にしているところを見ていたせいかもしれないが、あるいは、聞くべきではない、と考えたせいなのかもしれない。そうして、聞くべきではない、と康太が考えているのだとしたら、息子は同時に、父親が死んだ理由を母だけは知っていると考えているのではないか、とサキ子は思う。

サキ子はずっとその誤解を正したいと望んでいる。が、その機会はもう失われてしまったようにも感じられる――夫に死を思いとどまらせるための機会を、知らぬ間に、たぶん幾度も見過ごしてしまったのと同じように。

サキ子は息子が想像しているであろう、仁史が死んだ理由を想像する。それは否応《いやおう》なくサキ子が仁史を死なせた理由になる。サキ子がしたこと、あるいはしなかったこと。そのせいで仁史は死んだのだと。いつかサキ子は、自分が想像しているのか、それとも後悔しているのかわからなくなってくる。

そうして今また、サキ子をいっそう混乱させるようなことが起きている。マツオという男が突然連絡してきて、艶がどうしたこうしたと言っている。

影響されまいと懸命に努力しているにもかかわらず、サキ子の心はマツオによって乱されていたが、それでもサキ子は、そのことを康太に相談しようとはまったく考えていなかった。康太に話すことによって、今はまだぺらりとした紙切れの上にあのマツオという男が細い頼りない字で走り書きしただけのことのようにかろうじて思えもするそのことが、生命を吹き込まれ、力を持ってしまうように思えたから。

早く時が経《た》てばいい、とサキ子は思った。死にかけているという艶が死んでしまうだけの時間が、さっさと経てばいい、と。

3

サキ子が仁史と結婚したのは、二十五歳のときだった。

父親の知り合いの紹介で見合いして、その後三回会って結婚を決めた。三回会ったのはほとんど形式みたいなことで、見合いの日、中華料理店の個室で向かい合ったときから、この人と結婚するんだわと思っていた。それはサキ子自身の仁史に対する印象であるとともに、仁史のサキ子への印象でもあるように感じられた。その印象は頼るべきものであると思えた。逆に言えば、ほかに頼るものはなかったからだ。愛のこともちろん結婚のこともまだ何も知らなかったが、怖がりたくはなかった。みんながしていることじゃないの、と考えた。

三十数年に及んだ結婚生活は、幸せでも不幸でもなかった。そのようにサキ子が過ごしてきたからだ。嬉《うれ》しいことや悲しいこと、腹立たしいことも愉快なこともあったが、それに幸福とか不幸とかいった名前をつけることはせずにきた。仁史は市役所で福祉課に配属されて、そこに相談に来る人たちの身の上話は、新婚時代の寝物語にもなった。そのことはサキ子のこうしたやり方に影響していたかもしれない。自分の人生の目方みたいなものは、死ぬまで知らないほうがいいのだと、サキ子は決めていたのだった。

結婚二年目で康太を授かり、その三年後にもう一度妊娠したがその子は月満たず流れた。その流産が結婚生活の中で思い出せるもっとも悲しい出来事、大きな事件だった。実際、日々はあっけないほど淡々と、平穏に過ぎた。ある日サキ子はふと振り返って、あらためてそのことを認め、はっとして、少しだけ恐《こわ》くなった。しみじみと充足の溜息《ためいき》を吐くこともできたはずなのに、何か一瞬、足を踏み間違えたみたいに、恐くなった。針の先ほどの恐怖だったが、記憶に残った。あれは予感だったのだろうかと、あとになって考えた。

サキ子同様、仁史は日記などつけていなかった。

前の家の二階の、元は康太の部屋だったところが定年後の仁史の「書斎」と言うべき部屋になっていて、机の抽斗《ひきだし》の中から輪ゴムでまとめた手帳の束は出てきたが、それにしても仁史が定年した翌年のものまでしかなかった。手帳に書くほどの予定がなくなったとき、予定を作ろうと躍起になるのではなく手帳を持つことをやめるというのは、いかにも夫らしいとサキ子は思った。

机の上に置いてあるパソコンは、退職するときに職場から運んできたものだった。もらったというより持たされたというほうがきっと正しいのだろう。サキ子はパソコンについての知識はまるで持ち合わせていなかったが、見た目からだけでも古い機種であることはわかった。何に使うの？　と聞いたら、年賀状とかショッピングとか、という答えだった。

実際、それ以外の用途に使っているのを見たことはない。べつに夫がパソコンに向かっている間中、そばに張りついて見張っていたわけではないけれど、仁史が朝からずっとパソコンと向かい合っていた日の夜には、その年の秋に二人で旅行した黒部ダムの紅葉のスナップを使った年賀状の束ができあがったし、テレビや雑誌でおいしそうなものを見つけたときは、「あれ、パソコンで調べてみようか」と仁史はサキ子を連れて、パソコンの前へ行ったのだ。それ以外に夫がその機械とかかわっているとは思えなかったし、考えたこともなかった。

でも――と、サキ子はあることを思い出す。そして思い出してみれば、そのことを故意に心の底に沈めていたようにも思えた。納骨のあと、仁史の遺品を整理しながら、夫が死ななければならなかった理由を探していた――理由を見つけることをまだあきらめていなかった――とき、康太が仁史のパソコンを起動させて「ショキカしてある」と呟《つぶや》いたのだ。

ショキカって？　自分の手元の作業に気を取られたままでサキ子は聞いた。息子が言おうとしているのがさほど重要なことだとは思わなかった。

まっさらになってるってことだよ、と康太はキーボードやマウスをいじりながら答えた。ショキカは初期化であると、そのときサキ子は何となくわかった。

ほとんど使ってなかったもの。

でも、少しは使ってただろう？

ええ、少しは。

ネットの履歴とか、最後に開いたファイルとか、何か残ってる筈《はず》なんだよ、初期化しなければ。初期化っていうのは、そのパソコンを廃棄するとか、誰かに譲るとか、そういうときにするんだ。個人情報やなんかを消すために……。

じゃあ、捨ててくれって意味なんでしょう。古いものだったし。

すると康太は、それ以上もうパソコンのことは言わなくなった。駄々をこねることをあきらめた子供のように。私はそのときひそかにほっとしたのではなかったか――。

そんなふうにサキ子が今またパソコンのことを考えるようになったのは、マツオのせいだった。ご主人のパソコンを調べてみてください、とあの男は言ったのだ。パソコンは捨ててしまいました、とサキ子は答えた。それは本当のことだった。こんな古い型のものはもう捨てるしかないねと康太が言い、ちゃんと「初期化」もしてあったから、さっさと処分してしまっていた。

「インターネットってやったことある？」

気がつくと、サキ子は多恵さんにそう聞いている。干しエビと厚揚げと高菜漬けで作った「ヘルシー餃子《ギョウザ》」を包みながら。

「ぜんっぜん」

汚いものでも見たような顔で、多恵さんはそう答える。

「ぜんっぜんだめ、そういうの。わかんないし、やる気にもなんない。なんかいじめとか詐欺《さぎ》とか、そういうのばっかりなんでしょ。わざわざお金払って、そんなのやるっていうのが信じられない」

サキ子さんやってるの？　と聞かれて、ううん、あたしも、とサキ子は答えた。多恵さんのその周辺への知識はどうやらサキ子以下らしく、話はこれで終わりになる気配だが、そのことでほっとしもした。

「私、やってるわよ」

――と、売り場から振り返って美園さんが言った。午後二時を回って客足は途絶えている。

「インターネットに繋《つな》げば買い物もできるし、お総菜のレシピも調べられるし、メールもできるしって、魔法の箱みたいに娘が吹聴《ふいちょう》するもんだから。それなら買ってくれればいいのに、お金出してくれるわけじゃないのよね。それで自分で大枚はたいて、パソコン買っちゃったものだから、これはぜったいむだにできないと思って、勉強したのよ。でも、やってみたら、案外簡単で、勉強するってほどでもなくできるようになったわよ。ほんと、便利よ」

でもあぶないんでしょう、と多恵さんが口を尖《とが》らせ、あぶないところに繋がなければあぶなくないのよ、と美園さんは子供に言い聞かせるように言った。

「メールもやってるの？」

サキ子は聞く。ええ、娘や孫がよこすから。美園さんは嬉しそうに答える。

「パソコンのメールって、送ったらどうなるの？　消えちゃうの？」

「消えない、消えない。パソコンは携帯なんかよりずっと容量があるから、送ったのももらったのも、いくらだってためておけるのよ。もちろん見られて困るようなのは消せるけど——私にはそんなの来ないし」

「そのうち来るようになるんじゃないの。自分でも知らないうちに引っかかっちゃって、すっごい額のお金請求されたりするって言うじゃない」

多恵さんは相変わらず自分の知っていることだけを話し、美園さんはサキ子に向かって、こっそり肩をすくめて見せた。

「お義母《かあ》さーん」

　手を振りながら友代が近づいてくる。後ろの男は通行人だと思っていたら一緒に来た。

「今日は買いに来たんじゃないの、ちょっとお願いがあって」

　この人、友だちのフリーライターなんだけど、と隣の男を指す。どうもコンチハ、と男は被《かぶ》っていたハンチング帽をひょいと上げてみせた。友代と同じ年の頃、二十代半ばくらいのひょろりとした青年で、チェックのジャンパーに細身のスラックスという格好は、レトロっぽくわざと作っているのだろうとサキ子は思う。

「彼ね、今、本を作る仕事してるんだけど、それがこのお店みたいな、B級グルメっぽいやつを紹介する本で」

「B級っていうのは失礼だろう」

「何よ、じゃああんたが自分で説明しなさいよ」

「あ、そうしていい？」

　私鉄沿線の家庭的な店を集めた本を作るので、「日々」もその一軒に加えたい、ということだった。オーケーなら、後日カメラマンを連れて取材に来ると言う。

「いいんじゃない？　お店の宣伝にもなるし」

後ろで話を聞いていたらしい多恵さんが言った。美園さんは休憩を取って出かけていて、亜弓さんは銀行へ出かけたきりまだ帰ってきていなかった。

「そうね」

とそれでサキ子も頷《うなず》いた。たしかに断る理由はないだろうと思ったから。

「ありがとうございまあっす」

おかしなイントネーションで、敬礼の真似《まね》をしてみせる男を、なんだかキツネみたいだとサキ子は思う。本物のキツネじゃなくて、イソップ童話に出てくるキツネだ。さっき多恵さんがしきりに言っていたインターネットの「あぶない」ところには、きっとこういう感じの男がかかわっているのだろう。こういう男と、息子の妻はどこで「友だち」になるのだろう。

営業や仕入れのスケジュールが記してあるカレンダーを参照して、だいたいの取材日を決めると、「あの、厨房《ちゅうぼう》とかちょっと見せてもらっていいっすか」と男は言った。どうぞ、どうぞ。多恵さんが愛想よく応じ、男はダンスみたいな足取りで、ショーケース横を通り抜けするすると店内に入ってきた。当然のように友代もそのあとについてくる。おおー、泣かせるねえ。泣いちゃって、泣いちゃって。サキ子には意味がわからない、ただ感じの悪さだけが伝わってくる言葉を、その場に自分たちだけしかいないようにキャラキャラと言い交わしながら、男と友代は厨房の狭い通路をじゃれ合うようにして往復する。サキ子は不快になってきた。

それじゃあらためて電話しまあっす、と男と友代が店から出ていくのと入れ替わりに、亜弓さんと美園さんが一緒に帰ってきた。店の関係者であることはわかるはずなのに、挨拶《あいさつ》もしないで横をすり抜けていった二人を見送って、

「今の誰？」

と亜弓さんが聞いた。

「あれサキ子さんとこのお嫁さんでしょ？」

と美園さんも言う。

多恵さんが取材のことを説明しはじめると、亜弓さんの表情が見る見る曇ってきた。

「取材受けるって、もう約束しちゃったの？」

「約束っていうか、日取りなんかのことでもう一度電話もらうことになってるけど……」

多恵さんはぼそぼそと答える。

「取材って簡単に考えちゃだめなのよ。どんな雑誌でも載ればいいってもんじゃない

から。ほかにどんな店が載るのかってことだって重要でしょ。チェーン展開とかで安易にやってる店と同列に扱われたくないのよ。いちおうあたしなりに考えてこの店やってるわけだから。っていうかまずあたしの了解取るのが筋でしょう。みんなと同じように働いてるからときどき忘れられちゃうのかもしれないけど、いちおう、あたしがこの店のオーナーなんだから」

　多恵さんはめずらしく言い返さない。亜弓さんの語気というより、いつにない皮肉な言いように呑《の》まれているのだろう。サキ子の中でも、さっきまでの不快さがへんな感じに濁っていく。

4

　電車で二十分もかからない距離だったが、Ｃ駅へ行くのははじめてだった。

　この線の下り電車にはまず乗る機会がない。日曜日の午前八時、車内にぎっしり人が詰まっているのは通常のことなのかたまたまなのか。リュックを背負った子供たちの一団がいて、そういえば終点に動物園があるのだと思い出した。その動物園には康太が子供の頃、親子三人で出かけたことがある。そのときはさらに郊外に住んでいたたから、仁史の車で都心へ近づいていく印象だった。

C駅の改札口で飛行場への行きかたを駅員に教わり、デパートの前から出るバスに乗った。タクシーでも千円くらいですよ、と言われたが節約した。飛行機代はやはり安くはなかったが、船便を調べてみるとさほど違わないので飛行機にした。さっさと着くほうがよかった。何時間も船に乗っていたら、その間に気が変わって、O島に着いたときにはとんぼ返りしたくなっているかもしれない。

飛行場と言うよりは競技場のような拓《ひら》けた場所で、プロペラ機の準備が整うのを待っているのは十五人ほどだった。だが十九人乗りの飛行機と聞いていたから、座席はほぼ埋まるわけだ。釣りの出《い》で立ちの男性が四人、これから出社するような格好の男女、あとは年格好もばらばらな、普段着の人たちだった。人数が少ないので何となく互いに探り合うような気配になる。係員に体重を中告してバランスを取りながら乗り込んでいく。サキ子は翼のすぐ後ろの席になった。

プロペラの音が大きい。飛行機は低いところを飛んだ。だんだん高度を上げるのだろうと思っていたら、低いままだった。サキ子はずっと窓の外を見ていた。

雲の下を飛んでいくので、下界がありありと見渡せた。オモチャのような家、ビル、グラウンド、雑木林、道や川。道を歩いている人や、グラウンドでサッカーや野球をやっている人たちの姿までちゃんと見える。

　建物や施設がオモチャだとしたら人間はアリほどの大きさだった。でも、動いたり止まったりしているのがちゃんと見分けられる。いい天気で、春の陽が地上にまんべんなく降り注いでいて、アリのような人間はひとりずつちゃんと影を持っている。あのひとりひとりには、死ぬ理由や死なない理由もそれぞれ用意されているのだろうか、とサキ子は考えた。

　低層の家並みが次第にビル群に取ってかわり、やがて飛行機は海上に出た。眼下の景色からずっと目を離さずにいたので、不思議な距離感になっている。ほんの僅《わず》かしか移動していないような感じと、一方で、何か間違って異世界へ通じる境界線を越えてしまったような感じがある。

　漁船の航跡を追った視線を戻すと、もうO島が見えていた。


　ターミナル内は暖房でも利《き》いているのかと思うくらい暖かかったが、建物から外へ出ると、さらにむっとした空気がサキ子を包んだ。

　真っ白な広い道路と、南国ふうの原色の花を等間隔に配した植え込みのほかは、ほとんど何も見あたらないのに、同じ飛行機に乗ってきた人たちは確信に満ちた様子で、それぞれの方向へ消えていった。サキ子は建物の前から動かずにマッオを待った。

マッオに電話をかけたのは木曜日の夜だった。その日は友代がへんな男を連れてきて、取材のことで亜弓さんが怒った日でもあったが、その一件のせいでマッオに電話する気持ちになったのかどうかはわからない。少しは関係があるような気もする。O島へ行ってみることにした、と告げると、マッオは飛行機の時間や、予約の方法などを教えてくれた。木曜日から今朝家を出るときまで何度も、やっぱりやめよう、日曜日はいつものようにあの町へ行こうと考えたが、マッオと約束してしまったことが、サキ子をここまで連れてきた。

赤くてまるっこい車が植え込みの向こうの通りにずっと停まっているのは知っていた。辺りに人がすっかりいなくなると、その車がすーっと近づいてきて、サキ子の前で止まった。降りてきたのは、五十がらみの瘦《や》せて背が高い男だった。

「マッオです」

と男は自分の名前を合い言葉のように言った。

「橋川仁史さんの奥様ですよね」

サキ子は頷く。この人にとって重要なのは私ではなくて仁史なのだ、とあらためて思う。

車に乗り込んだあとしばらくマツオはエンジンをかけなかった。シートベルトは締めたが、まだ誰かここに来るとでも言うように、背筋を伸ばして前方を見つめている。その間サキ子は横目で彼を観察した。神経質そうだしやつれた感じもあるが、顔立ちそのものは整っている。教科書に載っていた昔の小説家のような顔。濃い青のポロシャツとジーパンという学生みたいな格好は、ひどくちぐはぐな感じがする。四十七、八歳というところだろうか。そのくらいに見えるのは覇気がないせいで、実際はもっと若いのかもしれない。

今死にかけている艶という女の、マツオは夫だという。

「どうします？　最初に病院へ行きますか？」

前方を見据えたままようやくマツオがそう聞いた。

この出来事には「最初」とか「次」とか「最後」があるのだろうか、と考えながら、サキ子は頷いた。

濃い緑に縁取られた白い道を十分ほど走って、車は病院に着いた。

道中二人ともまったく口を利かなかった。サキ子はマツオへ質問するべきことを考えていたが、それはマツオから質問されることを防ぐためだった。だが、何を聞いてもそれは結局墓穴を掘ることになるというか――自分に跳ね返ってくるように思えた。

きっとマツオも同じように考えて黙っているのだろうと思った。

病院も道と同じように奇妙に白さが目立った。人気《ひとけ》はなくて、その代わりのように ぎょっとするほど背が高い椰子《やし》の木が、駐車場からエントランスへ通じる舗道の両側で揺れていた。病院というよりは老人ホームとか、サナトリウムのような場所を思い起こさせた――どちらもサキ子が映画やテレビから得たイメージによるものではあったけれど。サキ子は突然、建物の中に入るのがいやになった。

「もう昏睡《こんすい》してるから、誰が来たってわかりませんよ」

サキ子の気持ちがわかったように、マッオは自動ドアの前で振り返って言った。

「モルヒネをどんどん入れてるんです。痛みがひどくてね」

エレベーターに乗り込むと、

「今朝はちょっと目を覚ましていたけど」

と言い、

「でも、もう、目の前にいるのが僕でも誰でも、同じみたいですね」

と言った。

三階でエレベーターを降りて廊下を少し歩き、またエレベーターに乗って五階へ上がった。ホールから通じる扉を開けるとすぐナースステーションがあって、ちょうどそこから出てきた看護師が「あ、マッオさん」と呼び止めた。

マツオが看護師のほうへ行き話している間、サキ子はその場に立ち止まって待っていた。まだあどけない顔をした女性看護師がときどきサキ子のほうを窺《うかが》っている。

「私のこと、何て言ったんですか」

看護師がエレベーターのほうへ立ち去ったあとで、サキ子はマツオにはじめての質問をした。

「本土の知り合いだって」

そんなところでしょう、という顔でマツオは答えた。

「艶はもともと本土にいた女なんですよ。僕もだけど」

マツオの口ぶりはサキ子の質問を誘っているようでもあったが、サキ子は頷くにとどめた。もう病室の前まで来ていたから。

ドアに掛かったプレートには「松生《まつお》艶」という名前が記されていた。マツオはやはり名字だったのだ、とサキ子はあらためて思ったが、同時に、艶という女が松生の正式な妻であったことに意外な感じを覚えた。僕の妻の艶が、という言いかたを松生は電話でしていたが、二人が夫婦同然の関係であったとしても、艶が妻だというのは松生だけの希望であるような気がしていたのだ。

プレートにほかに名前はなかった。個室に入っているいちばんの理由は、じきに死ぬからなのだろうと、父親を看取《みと》ったときのことを思い出してサキ子は考えた。それじゃ入りますから、とおかしなことわりかたをして松生がドアを開けた。

狭苦しい部屋だった。入口から三歩も離れていない距離にベッドがあり、しかもベッドの周りは、点滴台や複数のモニター機器で囲まれていた。病人の顔の辺りから、足元からも、何本も管が伸びていて、いろんなものと繋《つな》がっていた。胃の悪い人の口臭のような匂《にお》いがした。

松生と一緒にサキ子はベッドのそばまで行った。恐《こわ》くはなかった——艶のことをどう考えていいかわからなかったので、彼女が死にかけていることについても同様だったのだ。

見下ろしてみてもいっそうわからなくなるだけだった。まわりでもつれ合っている真っ黒な髪の毛と、鼻に取りつけられた管のせいで、顔がひどく小さく見えた。目はしっかりと閉じられている。睫《まつげ》毛が長い。管が唇にかかって、上唇が僅かにめくれ上がり、歯が見えている。俯《うつむ》いて何か手元の作業に熱中している人の顔のようでもある。

おいくつだったんですか。サキ子はそう聞いてしまってから、ばつが悪い思いで、おいくつですか、と言い直した。

「四十七です、この前誕生日が来たから」

松生は言った。

「病気になったのは……」

「三年前です、手術したんだけど、一年ごとに転移して」

「この島にはいつから……」

「十年は経《た》ってますね。正味にすると、艶がここにいたのは半分くらいかもしれないけど」

サキ子は意味が通じなかったふりをして黙っていたが、

「しょっちゅう本土に渡ってたからね、この人は」

と松生は続けた。

会話が途切れると艶が呼吸する音が部屋に満ちた。ごおー、ああー、と聞こえる、鼾《いびき》のような呼吸。こんな呼吸はそぐわない人だ、とだけなぜかサキ子ははっきりと思った。

「橋川仁史」

突然、松生が言い放った。大きなはっきりした声で、サキ子の夫のフルネームを、艶に向かって発声しているのだった。

「橋川仁史。橋川仁史」

「何を……」

とサキ子が言いかけたとき、艶の唇が動いた。管を押しのけようとするように、苦しげに幾度もかたちを変えた。松生が振り返り、どうだと言わんばかりの顔でサキ子を見た。

サキ子は少しの間それを見ていた。唇の動きにつれて呼吸の音も僅かだが変わって、何か意味のある言葉を発しそうでもあった。だが結局言葉は発されなかった——あるいは発されたのかもしれないが、その前にサキ子はバッグの中からハンカチを出して、サイドテーブルの上の吸い飲みから水をこぼして吸い込ませ、艶の唇に押し当てた。すると唇はいっそう旺盛《おうせい》に動いて、ハンカチの水分を吸い取りはじめた。

「喉《のど》が渇いているのよ」

松生は手品でも見せられたような顔をした。

「うちへ回ります」

車に乗ると松生は言った。

「何のために？」

　サキ子は聞いた。

「パソコンをお見せしますよ、艶が使っていたものです。橋川仁史さん……あなたのご主人と彼女がやりとりしていたメールが残っている」

「必要ありません」

　自分で驚くほどきっぱりした拒絶の声が出た。松生は弱々しくサキ子を見やって、じゃあどうします？　と聞いた。

「空港へ行きますか？　次の便は夕方までないけど」

　サキ子は少し考えてから、

「よかったら、海へ連れていってくださいませんか」

と言った。

　松生はエンジンをかけた。車は白い道を走り出す。往路のことをサキ子はなにひとつ覚えていなくて、方向感覚も曖昧《あいまい》なので、来た道を戻っているのか、べつの場所へ行こうとしているのかわからなかった。

　どちらにしても松生に悪いことをしたような気持ちが募ってきて、

「お子さんはいらっしゃらないのですか」

と聞いた。いません。松生が答えを返す。「一緒になったのが遅かったから。少なくとも僕の子はいません。艶が産んだ子というなら、本土にひとりくらいいるのかもしれない」

カーブから対向車があらわれて、かなりあやうい感じでよけた。そのあと松生はふっと笑ったが、今のことが可笑《おか》しいのか、本土にひとりくらい……という自分の言葉を笑ったのかも、わからなかった。

「……こう言うと、僕が彼女をここへ連れてきたみたいに聞こえるでしょう。でも実際は、あいつが僕を引っ張ってきたんですよ。こんな島で暮らすことになるなんて、艶に会うまで、僕は考えもしなかった。艶にしたって深い考えがあったわけじゃなかったんですがね。ただの思いつきで僕を巻き込んで、そうして自分は、さっさと飽きてしまった」

「暮らしは何で……」

ほかに聞きようがなくてサキ子は聞いた。

「食べ物屋みたいなことをやっています。今は閉めてるけど」

松生はハンドルを切り、舗装されていない細い道に入っていった。うっそうとした木立の中の坂道をうねうねと下ると浜辺に出た。堤防の手前で二人とも車を降りた。

やっかいな女だったんですよね。先に立って浜辺へ降りながら松生は言った。

「男好きなのは男性恐怖症の裏返しなんだって言ってました。最初の男が従兄《いとこ》で、艶はまだ十二だったのに、力尽くで犯されたのがトラウマになってるんだって。でもそういう話も、自慢みたいにしてたからね。僕なんかもう聞きたくもないのに、何度も聞かされたから」

砂浜に降りるとサキ子は松生を追い越した。波打ち際《ぎわ》まで行って振り向くと、松生は一メートルくらい離れたところに突っ立って、悲しそうな顔をしていた。

「二人はいつからメールのやりとりをしていたんですか」

五年くらい前です、と松生は答えた。いわゆる出会い系サイトで、知り合ったみたいですね。

「最後のメールはいつでしたか」

三年前です。松生は言った。艶の病気がわかった頃です。入院する少し前から、艶はもうメールを出してない。ご主人から一方的に届くのは、しばらくの間続いてたみたいです。

海は紺色で砂は黒かった。海というより砂漠みたいな光景だった。夫が死んだあの町の海と、この海が繋がっているというふうには思えない。

松生はまだ何か喋《しゃべ》っていた。艶が仁史にどんなメールを書いていたか、仁史の返信はどんなものだったかというようなことを。聞こえていたがサキ子の意識の中ではもうほとんど意味をなさない言葉の羅列に過ぎなかった。

あのお喋りを遮って、空港まで送ってほしいとどんなふうに頼めばいいかしら、と考えた。空港の売店でお土産を買うつもりだった。「日々」のみんなに。くさやでも青唐辛子でもいい。ひとりでO島へ行ってきたのだと白状しよう。そうすれば次に誘われたとき、断る口実になる。

もうO島へは二度と来ないと決めていた。

来週からはまたあの町へ行かなければならないからだ。

4　艶《つや》がストーカーしていた男の恋人、池田百々子《ももこ》（33歳）

I

百々子が最初に見たのは子供だった。多くの人がそうだった。赤いTシャツを着た十歳くらいの男の子で、半日近く空港にいたのだ。

そこは島で唯一《ゆいいつ》の空港だったし、狭い島だったから、空港に用事がなくても、どこかへ行く途中で見かけた、と言う人たちが多かった。ロビーで待っているときも、建物の外をうろついているときもあったらしい。百々子が車で通りかかったときは外にいた。カンナが植えられている辺りだったので、はじめ、赤い花が一本だけ早々と咲いているように見えた。

とくに気になったわけでもない。旅行者の子供だろうと思っただけだった。ゴールデンウィークは終わり、夏休みにはまだ早くて、子供連れの観光客が来るような時期ではなかったけれど。男の子は手足が長くひょろりと瘦《や》せていて、目が大きくて、子鹿《こじか》に似ていた。そういう印象は、でも、ほかのみんな同様に、あとになって子供の母親が話題に上ったときにあらためて補足されたものだろう。

口を利《き》いたのは母親のほうが先だった。子供を見かけた日は百々子の休日で、その翌日だったから、水曜日のことになる。

百々子は美容院で働いている。百々子の母親くらいの歳《とし》の店長と、百々子がいるだけの、小さな店。その店に母親が突然あらわれたのだった。

午後二時過ぎだった。店には顔なじみの客が二人、いつものように、髪を整えるためというよりは世間話をするために来ていた。からんとドアベルが鳴り、その母親が店を覗《のぞ》き込んだとき、ずいぶん長い間、誰も何も言わなかった。「いらっしゃいませ」とさえ。

どうしてだか理由はわからないが、客でないことは一目瞭然《りょうぜん》だった。後ろに子供がいるのが見えたので、母親であることはわかった。百々子の目に映ったのは、自分よりも間違いなく若い、髪を引っ詰めにしているために頭が握り拳《こぶし》ほどの大きさにしか見えないすらりとした女だった。美人というほどではないが垢抜《あかぬ》けていた。ゆったりとした黒いパンツに丈の短い袖無《そでな》しブラウス、重たげな石のブレスレットという、雑誌に載っているような格好をしていた。その女が、百々子たちの視線に立ち向かう語気で、

「繁華街はどっちのほうですか」

と聞いた。

「食事するとこを探しておられるの？」

緊張のためか店長はおかしなイントネーションになっていた。

「いえ、そういうんじゃなくて」

女は苛立《いらだ》たしげに言った。

「スナックとか、バーとかが集まってる場所を知りたいんです」

「この時間じゃスナックはまだ開いてませんよ」

何か言いたいから言う、というふうに客の一人が口を挟むと、

「開いてなくたっていいんです」

と女はほとんどくってかかるような声を出した。店の四人は顔を見合わせ、百々子は鏡に映った自分の姿をそっと盗み見た。いつも店長に切ってもらっている肩までの

レイヤーカットは、女に比べると恐ろしく田舎くさい感じだ。地黒のせいかもしれないし、中肉中背の背格好のせいかもしれないし、着ているものが凡庸なせいかもしれないし、ようするに酔った男たちからだけ「べっぴんさん」と言われるような容姿だからかもしれない。

港の近くの一帯までの行きかたを店長が教え、女と子供が立ち去ったあと、百々子たちはしばらくの間悪口を言い交わした。どうせ飛行機で来た人でしょう？　と誰かが言って、そういえば昨日あの子を見た、という話にもなった。どういうんだろうね、子供をあんなふうにほったらかしておくなんて。ほんの一、二分、戸口から覗いただけの女について、悪し様《あしざま》に言いすぎるようでもあった。ちっとも友好的な態度ではなかったというだけでなく、何か圧倒的な違和感を女が発散していたせいだろう。

狭い島だから話題も少ない。その日の夜、女に教えた一角の中の一軒、仕事のあとで欠かさず寄るスナック「ＹＯＵ」のカウンターで、百々子は誰かが――一緒に来た店長といわず、母子《おやこ》を見かけた誰かが――そのことを言い出すのを待っていた。自分から率先して話題にする気はしなかったが、誰も言わないなら自分が言おう、と考えていた。あの女が探していたのはこの店であるような気がして仕方がなくて、それをたしかめたかったのだ。

だが、結局その夜はその話にならなかった。ほかにもっと重要な話題があったから。艶はもう危ないらしいよ。母子の話が出るより先に、誰かがそう言ったから。やっぱりあかんかったか。最新式の抗がん剤を打って、それが効いてるって話もあったけどね。意識はもうほとんどないらしいよ。止まり木の客たちは言い交わしながら、カウンターの中の男を窺った。男の名前は優《ゆう》といって、店名はもちろんそこからきていたけれど、彼自身については店名よりも名前そのもののイメージのほうが誰にとっても強かった。彼を「ゆうちゃん」と呼んでいる人たちはみんな、そのゆうが「優しい」の優であることを知っていた。

そのことを誰よりも知っていたのは百々子だった。身に沁《し》みていた、と言ってもいいかもしれない。なぜなら百々子は、優の恋人だったから。

にもかかわらず、優に言い寄っていたのが艶という女だった。誰にでも言い寄る女だったが、優にはとくべつ執着していた。この頃姿を見せなくなったと思っていたら、病気になっていたのだった。

優は、少年みたいな男だった。

それは百々子にとっての印象だったが、ちっともいい意味ではなかった。

彼と付き合いはじめて、「少年みたい」と思うようになったとき、百々子が思い出したのは、かつて少年たちになぶられたときの恐ろしい記憶だった。東京の専門学校に通っていたとき、自転車に乗った十二、三歳くらいの少年たちに取り囲まれたのだ。まだ日も落ちていない時間、駅から自分のアパートまで帰る途中のことだった。ものすごいスピードで体すれすれに通り過ぎていったと思ったら、五十メートルくらい走って戻ってきた。それからは百々子の前に後ろにと交差しながら走った。一言も口を利かずに、ただにやにや笑いながら。

今から考えれば、あれは彼らのゲームみたいなものだったのだろう。一日に何人、女を泣かせられるか、というような。そんなふうに考えるとなお、優のイメージと重なる。もちろん優は、女を泣かせるような男ではないし、分別のない十代の頃だって、あの少年たちのような真似《まね》はしなかっただろう。だがイメージはどうしても重なった。あのときの少年たちの中の一人が、大人になって、優みたいな男になっても不思議はないように思えた。そういうことを優本人に話して聞かせることができれば、気持ちはどれほど軽くなるだろうと百々子は思った。だがそれもできなかった。

優は、百々子よりも六歳下の二十七歳、甘い顔立ちの男だった。一見して名前通りの優男《やさおとこ》なのに、近づいてみると、腕や脚や腹につるりとした筋肉が狡《ずる》がしこく付いていた。くたびれてはいるが清潔なジーンズと、同じ風合いのTシャツというのが基本的なスタイルだった。Tシャツには様々な色柄があった——白、赤や黄色やコバルトブルー、ボブ・マーリーの顔、ローリング・ストーンズのロゴマーク、ピースマーク、花、チワワ、バナナ。それらのひとつひとつがきちんと自分の記憶に刻まれていることが、ときどき百々子は不安になった。

百々子は東京——住所の上では島も都内なのだが、「海の向こう」という意味での——の専門学校を出て、そちらの美容院で七年働いたあと、島へ戻ってきた。勤め先でいざこざがあり、それと連動するように同棲《どうせい》生活が破局したせいだった。疲れ切ってはいたが、島でやり直すつもりはさらさらなくて、少し休息したらまた出て行くつもりだった。でも、結局そのままずっと島にいることになった。優と知り合ってしまったから。優は島外の人だったが、百々子が戻る三年前から島にいたのだ。

優が島へ来た理由については、彼と付き合いはじめるより先に誰彼の口から聞いたし、本人からも聞いた。噂《うわさ》と本人の説明はほとんど違わなかった。優は高校三年生のときに、同時期に同じ学校の、二人の女生徒を妊娠させたのだ。そのうちの一人が住んでいる団地の五階から飛び降りて自殺したために、その事件を知っている人たちがいる場所に優はいられなくなった。

島へ来たのは、遠い親戚《しんせき》がいたからだった。優の両親がその女に息子を預けたのは、彼女の人となりによるものではなく、彼女が島に住んでいたという理由が大きかったのだろう。スナックはもともとその女の店だった。二年前に女が病気で死んだとき、遺言によって店は優のものになった。女の名前だった店名を、優の名前に変えたのはそのときだが、強く勧めてそうさせたのは百々子だった。

優の倍ほどの歳だったその女と、優が関係を持っていたことを知っていたから。

優が妊《みご》もらせたもう一人の女生徒は、中絶手術を受けるのを拒否した。

赤ん坊を産む決心をしたが、優のことは許さなかった。だからこそ彼は、その女生徒を残して島へ渡ってくることができたのだ。

そのことも百々子は知っていた。だからどこかに俺の子供がいるんだよね、と優が言うのを聞いたこともあった。でも、どこかにいる優の血を分けた子供のことは、どこかにいる優が寝た女や寝ている女に比べると、時間的にも距離的にもずっと遠い、弱々しい印象だったから、ほとんど忘れかけていた——母子がやってくるまでは。

母子は、美容院を覗き込んで繁華街の場所を訊《たず》ねた次の日に、ＹＯＵに来た。探し当てるのに一日かかったのか、あるいは来る決心をするのに一日かかったのか。とにかくその夜、百々子が店のドアを開けると、カウンターの端に母子が座っていた。甘ったるいタマネギの匂《にお》いが漂っていて、それは優が子供のためにチキンライスらしきものを作ってやったせいだとわかった。母親は白ワインを飲んでいた。百々子の気配に、母子と反対側の隅に固まっていた常連客たちと、子供が振り向いたが、女は身動きしなかった。優が「よう」という声を発してはじめて、女は百々子のほうを見た。百々子にはよく理解できることだった——つまり、優のような男と付き合っていると、彼が声のトーンにあらわすほんの僅《わず》かな差異に耳をそばだてずにはいられなくなるものだから。

女は百々子を一瞥《いちべつ》して、ふいと姿勢を戻した。百々子は常連たちの隣に座った——いつも収まる場所に、女と子供がいたから。すでにこのとき、母子があの母子であることは疑いようがなくなっていた。百々子が知りたかったのは、優はどんなふうに説明するだろう、ということだった。常連たちも同様に待ち構えている気配があった。誰もがもう知っているのだ。

「たまげたよ」

すると優はそう言った。幾分恥ずかしげににやにやしながら——仕入れたばかりの下ネタを披露するときに似た顔で。

「こいつ、俺の息子なんだ」

「あら、そうなの？」

百々子は言った。

「本当なんだってば。昨日来たんだ、母親と一緒に」

その言葉であらためて女がぐるりと百々子のほうへ顔を向けた。あいかわらずぴしっと髪をまとめて、今日はベージュのノースリーブのワンピースを着ている。ワンピースは飾り気のないシンプルなデザインで、アクセサリーもつけておらず、ただ口紅だけが赤い。

その真っ赤な唇が、精密な機械みたいに動いて、

「こんにちは、萩原《はぎわら》ゆかりといいます」

と名乗った。

「昨日お会いしましたよね」

と百々子は言った。名乗らなかったのは優から紹介させるためだった。しばらくの間、誰かが何か言うのを誰もが待っているような間ができて、それからようやく、

「池田百々子さん、美容師なんだ」

と優が言った。ああ、昨日美容院で。萩原ゆかりが頷《うなず》き、それで自己紹介は終わっ

てしまった。

百々子はまだ期待していた——優がだめでも、常連の誰かが補足してくれるのではないかと。百々ちゃんは優のカノジョなんですよ、と。どのみち萩原ゆかりにはとっくにわかっているとしたって、察せられるのと伝えるのとでは大きく違う。でも誰も何も言わなかった。百々子にこっそり目配せしてくれる人さえいない。萩原ゆかりに遠慮しているだけじゃないのかもしれない。百々子はふと恐ろしいことを思いついた。実際のところみんな、私が優のカノジョなのかどうか覚束《おぼつか》ないのかもしれない。

ただ優は、百々子の注文を待たずにいつものカンパリソーダを出してくれた。それで何かを示したというよりは、たんに習慣に従ったに過ぎないのだろうけれど。それを啜《すす》りながら、百々子は子供を眺めた。みんなが百々子から目を逸《そ》らしている中、子供だけがじいっと百々子の視線を受け止めている。

可愛《かわい》らしい子供だった。優に似ていると思えば思えるし、まったく無関係な子供にも見える。子供の顔なんてよくわからない。

「お名前は？」

と百々子は聞いた。子供に向かって聞いたのだが、

「コウです、光って書いてコウ」

と萩原ゆかりが答えた。

「よかったよ、俺が名前つけなくて。そんなかっこいい名前、俺だったら絶対思いつかないもんな」

優が発言した。たぶんそのせいで、会話は早々に途切れてしまった。萩原ゆかりが光を促して立ち上がり、「それじゃ、また」と言い残して出て行くまで、ＹＯＵの店内は気まずく静まりかえっていた。

あの人たち、何のために来たの。いつまでいるの。もちろん百々子が知りたいのはそのことだった。ほかのみんなもそうだったろう。だがやはり誰も聞かなかった。誰かが聞くよりも早く——母子がドアの外に消えるのとほとんど同時に——、

「何しに来たんだろうな？」

と当の優が呟《つぶや》いたから。

2

ＹＯＵの上の二階と三階部分が、優の住まいだった。

週のうち半分は、百々子はＹＯＵが終わるのを待ち、優のあとに続いて、ＹＯＵの

勝手口の外の錆《さ》びた鉄の階段を上った。二階が狭いダイニングキッチンと風呂場《ふろば》とトイレ、三階に寝室。いつでも三階に直行して、脱ぎ散らかした服や日用品に囲まれた敷きっぱなしの布団《ふとん》の上で抱き合った。

店では話せなかったことをあらためて話し合ったり、ゆっくり会話を楽しんだりということはなかった。服を着て向き合っている時間よりも裸で重なり合っている時間のほうが長かった。そういう即物的な付き合いを、この頃は百々子のほうが求めていた。結局のところ、セックスしているときの優がいちばん誠実に思えたからかもしれない。

「百々ちゃんは好きだなあ」

と優は言った。セックスをはじめる前、あるいは終わったあとに。本当にそう思っているのか、あるいはそういうことにしているのかはわからなかった。いずれにしても彼にとっては結局同じことになるのだろう、と百々子は思った。

本当の言葉が聞きたい、というのが百々子の願いだった。本当の言葉だけが聞きたい。とすれば優との会話は自《おの》ずと避けるしかなくなる。萩原ゆかり母子《おやこ》が島を去る気配はなかったが、それについて話し合うということもなかった。このままずっと黙っていれば、いつの間にか二人は消えてしまうような気もした。

「あの二人、どこに泊まってると思う？」

だがある日、優がそう言った。セックスのあと布団から這《は》い出して、トランクス一枚という格好で家の外にいったん出て鉄の階段を下りて、台所からコーラのペットボトルを取って戻ってきたときに。

「なんと松生《まつお》さんとこだよ。艶の部屋を借りてるんだって」

「誰から聞いたの？」

百々子は優の表情を窺《うかが》いながら聞いた。優はペットボトルを呷《あお》り、百々子に渡しながら、松生本人からだと答えた。松生というのは艶の夫である男だ。

「松生さんのところはとっくに宿屋やめてたんじゃないの？」

「艶の入院費用が嵩《かさ》んで、金がいるからまた泊めることにしたんだってさ」

「でも、どうしてわざわざ松生さんのところを選んだの？　旅館はほかにいくらでもあるのに」

「さあ」

優は百々子のほうに手を伸ばしてペットボトルを再び取った。本当にわからないのか、わからないふりをしているのか、百々子にはやっぱり判別できなかった。

それで翌日の昼休みに、百々子は松生の家へ行った。

海辺のすすけた一軒家だった。黒い塗料で塗り込められているせいで、家それ自体が影みたいに見える。広い庭には雑草が生い茂り、防風の役目を果たす松の老木を蔦《つた》が搦《から》め取っている。

もともとあった古い家を、約十年前に松生が買い取り、きれいにリフォームしたというけれど、最早《もはや》その形跡も見えない。むしろ松生と艶に住まわれたせいで、家が朽ちるスピードは増したのではないか、と百々子は考える。

松生も艶も、もとは島外の人で、優より少し早い頃に、島に移住してきたのだった。料理屋が主で宿屋にもなるという商売をしていたが、七年前、百々子が島に戻ってきたときすでに、あまりうまくいっているようには見えなかった。松生はいつ見かけてもたいてい艶の居所を探していたし、だから当然のこと、料理屋は開いているときのほうがめずらしかった。

今はもう島の誰もが、料理屋も宿屋も廃業されたと考えているが、「レストラン松生」という木製の洒落《しゃれ》た看板はまだ残っていた。その下の呼び鈴を、ほとんどためらわずに百々子は押した。怒っていたせいかもしれないし、どうせ松生は留守だと決めていたせいかもしれない。

だが間を置かず足音が聞こえてきて、格子戸《こうしど》が開いた。あらわれたのは萩原ゆかりだった。

白い服を着ていたので幽霊みたいに見えた。美しくもあった。意外でも何でもないという顔で百々子を見た。

「松生さんは病院へ行っています。でも、お入りになったら」

自分の家みたいに百々子を先導していった。百々子はこれまでレストランを訪れたこともなかったから、この家に入るのははじめてだった。普通の住居みたいな料理屋だということは聞いていたが、どこもかしこもごたごたしていた。庭に面した座敷に通された。一日何組か限定で客をもてなしたというのが、この部屋なのだろう。大ぶりの座卓と座布団はほかの部屋同様に生活用品で取り囲まれ、部屋の隅には畳んだ布団が重ねてあった。萩原ゆかり母子が寝泊まりしているのもここらしい。

「子供さんは？」

勧められた座布団に座り、萩原ゆかりが運んできた麦茶のグラスを見下ろしながら百々子は聞いた。遊びに行っているという答えがあった。

「街中《まちなか》で育ったから、こういうところに来ると何でもめずらしいみたい。歩き回るだけで満足してるから、助かっちゃう」

友だちみたいな言いかたを萩原ゆかりはした。それで自分のほうの口の利《き》きかたがよくわからなくなりながら、

「大丈夫なの？　学校？　こんなに休んで？」

と外国人みたいに百々子は聞いた。

「休ませてるの。っていうか、行かなくなっちゃったの、あの子」

萩原ゆかりはグラスの水滴で濡《ぬ》れた座卓の上をなぞった。

「いろいろいやな目に遭ったみたいで。学校で。今の子たちって本当に容赦がないから」

わかるでしょう？　というふうに見つめられ、百々子は仕方なく頷いた。夏休みでもないのに何日も滞在している理由はたしかにそれで説明がつくのかもしれないが、百々子が知りたいのは「なぜ」ではなくて「何のために」この島に来たのかということなのだ。

「艶さんって女《ひと》とも、優はごちゃごちゃやってたんですってね」

百々子が質問するより先に萩原ゆかりはいきなり言った。

「それ、誰に聞いたの？」

百々子は思わず強い口調になった。いちばん腹が立ったのは萩原ゆかりが「優」と

呼び捨てにしたことだった。

「だから、艶さんのご主人に。延々愚痴を聞かされちゃった。いい迷惑だわ、私は優とはもう何の関係もないのに」

じゃあどうしてここに来たのよ。百々子は胸の中で言い、

「あなた、どうしてここに泊まってるの？」

と口に出して言った。向こうから頼みに来たのよ。萩原ゆかりは澄まして答えた。

「ちょうど旅館案内所に行くところだったの。後ろから追いかけてきて、ぜひうちに泊まってくれって。奥さんが病気で、お金が必要だからって。格安だし、親戚《しんせき》の家みたいな感覚で泊まっていいっていうのが便利だったの、息子と一緒だと、食事とか取ったり取らなかったりになるから」

萩原ゆかりの表情がぱっと変わったので振り向くと、子供が部屋を覗《のぞ》き込んでいた。今日も赤いTシャツを着ている。光ちゃんお帰り、海行った？　と萩原ゆかりは陽気に聞き、光は「行った」とだけ答えると廊下の奥に姿を消した。

萩原ゆかりが何か言う予感がした。百々子が知りたいことではなく知りたくないこと――たとえば彼女が光を産む決心をしたときのことなんかを。それで百々子は急いで、

「あなた、間違ってるわよ」

と言った。

「何が？」

「優が艶にごちゃごちゃしてたわけじゃないの、艶が優にごちゃごちゃしてたの。松生さんは嘘吐《うそつ》いてるのよ、迷惑してたのは優のほうなのよ」

ふんという顔で萩原ゆかりは笑った。

「どっちでもべつにいいわ。どっちにしたって優と女のことだもの。同じだと思わない？」

「それで、艶さんってどんな女だったの？」

萩原ゆかりは言った。それは彼女が美容院に来て、引っ詰めをほどいてみると意外なほどたっぷりと広がる髪の毛を、百々子に預けているときだった。

そういう成り行きに百々子は違和感を感じなかった。松生の家ではじめて間近に向かい合ったときに、私たちはきっと近しくなるだろうという予感があった。「近しく」という感覚は「親しく」とは違うけれど、まるきり違うというのでもない。二人の間には同情が介在していた。優のような男とかかわってしまったことへの、互いへの同情。それと同時に、たぶんそれぞれ優越感や劣等感もあった。百々子は、萩原ゆかりが今はもう優の恋人ではないことに同情していたが、萩原ゆかりは、百々子が進行形で優の恋人であることに同情しているようにも思えた。

百々子は鋏《はさみ》をふるった。このふさふさした髪を、ばっさり短くしたい、というのが萩原ゆかりの希望なのだった。肘《ひじ》近くまでの長さをまず半分くらいにしていった。もっと短くよ、と萩原ゆかりが念を押した。

「きれいな女なんだけどね」

百々子は注意深く現在形を使って答えた。早晩過去形になるだろうが、まだそのときではないからだ。厄介な、迷惑千万な女で、いなくなってほしいと願っていたが、それは「死ねばいい」という意味だったとは思いたくない。いなくならずに死に至る病を得て、こちらを居心地悪くさせるなんて、まったく厄介者の艶らしい、とも言えるけれど。

「ちょっと病気っぽいんだよね。今、伏せってる病気じゃなくて、心のほう。始終男とがたがたやってて。インターネットで男を漁《あさ》って、東京まで会いに行ったり。島の中でもあちこちで問題起こして。松生さんはそのたびに後始末に走り回って、それでお店つぶしちゃったんだって言う人もいるくらい。それで、いちばん最近は、優を追いかけていたわけ。優が相手にしないもんだから、ストーカーみたいになっちゃって。店には毎晩来るわ、優の行く先々につけてくるわ、いやらしい手紙は寄こすわ、大変だったのよ。優は逃げまわってた。あのひとは女好きだけど、だから逆に艶には近づかないほうがいいってわかったんじゃないかな。まったく相手にしなかった。そのことはみんな知ってる、誰に聞いても同じこと言うよ」

そのとき店にはほかに客が一人しかいなかった。だから百々子はそんなふうに話せたともいえるのだが、その客と店長とが耳をそばだてていることもわかっていた。

優と艶とのことは島のあちこちで話題になったし、その場に百々子がいたことも少なからずあったけれど、百々子自身がそのことについてまとまった意見を発するのは、もしかしたらこれがはじめてだった。自分が知っていることを、知っているとおりに話したつもりであるにもかかわらず、なぜか嘘を吐いたような気持ちになった。そう感じるのは、店長や客が何のコメントも挟まないばかりか、こちらに顔を向けようとしないこと、それに鏡の中の萩原ゆかりの表情のせいかもしれない。

「もっと切ってってば。光よりも短くするんだから」

萩原ゆかりが苛立《いらだ》たしげに言った。

百々子はゆかりの髪束を摑《つか》んで、ざくりと鋏を入れた。

3

松生は好かれてはいなかったが同情はされていた。

好かれていないのは艶のような厄介な女を島に連れてきたせいに違いなかったが、連れてこられたのは彼のほうだという話もあったから。

それに松生は、見るたびにどんどんやつれていった。艶と同じか、少し上くらいの年回りであるはずなのに、いつの間にか艶の父親といってもおかしくないような風貌《ふうぼう》になっていた。艶が病気になるずっと前から、その病気に松生がとらわれているに違いないという、まことしやかな噂《うわさ》すらあったのだ。

一方艶は、いつも生気に満ちていて、その名の通り艶々していた——艶が家を出てくるのは、男に会うときだけだったから、島の人間が彼女を見かける機会は限定されていたとしても。艶が死にかけている今でさえ、やつれた艶の姿というのは想像しにくかったし、実際病で萎《しぼ》んだ艶を見た人は、そういないのではないかと百々子は思った。

艶はいきなり病気になったという印象があった。悪い病気になったらしいよという噂が聞こえてきたときには、艶はもう病院に入っていた。見舞いに行った人も見に行った人も、もしかしたら松生以外にいたのかもしれないが、そのときのことは明かされなかった。案外病院のベッドの上には、元気なときのままの艶が横たわっているのではないかと百々子は空想してみた。果物みたいに中身から悪くなっていき、最後の最後のときまで――誰かが不用意に触れて皮を破ってしまうまで、艶の外側は艶々した面影をとどめているのではないかと。

「優」

と百々子は呼んでみる。たとえばYOUの営業中、たまたまほかに誰もいなくなったときを捉《とら》えて。

「はーい」

と優は応じる。百々子のほうに顔を向けないのは、ワイングラスを磨いているせいだが、べつにそれは今やる必要はないことだ、と百々子は思う。

「優」

もう一度呼ぶ。私が苛立ちはじめていることが伝わればいいなと百々子は思う。すると優はようやくグラスから顔を上げてにやっと笑い、

「したいの？」

と言った。

このひと、動物みたい。百々子は思った。それははじめての感慨ではなかった。本能のままに生きている、なつかない、身勝手な生きもの。その印象をずっと優に重ねていた。でもその日、百々子が考えたのは小さな動物のことだった。このひとは野性的というよりは、つねに身を守ることに神経を張り巡らせていなければならない弱い生きものなのかもしれない。

「病院に行かなくてもいいの？」

「病院？」

優はきょとんとした顔で百々子を見る。まるでそんな言葉ははじめて聞いた、というように。

「艶のお見舞いに行かなくていいの？」

「何で俺が？」

優は笑い、またグラスに視線を戻した。あのグラスは磨かれすぎてそのうち割れてしまうんじゃないかと百々子は思う。

「だってもう危ないんだよ。最後に一度くらい行っておかなくていいの？　それとももう行った？」

「行かねえよ」

「どうして？」

「関係ねえもん。向こうが勝手につきまとってただけだろ？　あることないことという
やつらもいて、俺、えらい迷惑してたろ？　死にそうなのは気の毒だと思ってるけど、
だから見舞いに行くっていうのも違うんじゃないの」

　優はグラスを磨き続ける。口元には薄く笑いを浮かべているが、百々子のほうはも
う見ない。

「本当？」

　と百々子は言う。

「何が」

「本当に病院に行ってないの？」

「行ってません」

　優はグラスを置く。布巾《ふきん》をジーンズの腿《もも》にパンと叩《たた》きつけ、それからその布巾をめ
ずらしいもののように眺め、カウンターの上に広げてばか丁寧に畳む。

　優が怒ったことが百々子にはわかった。

そうして、百々子はある納得をした。

萩原ゆかりは自転車を買ったらしい。新品の赤い自転車だから、きっとスーパーマーケットの軒先に並んでいたやつだと百々子は思う。

萩原ゆかりは自転車で島中を走り回っている。スカートの裾《すそ》をひらひらさせて。さもなければ空色のジーンズに包まれた細い脚をしゃかりきに上下させて。百々子の鋏でベリーショートにした頭はマッチの軸みたいだ。ときどきは息子と二人乗りしているが、光は乗せてもらっているのではなく、乗ってやっているみたいに見える。あるいは、ときにはそうやって後ろに乗って重しにならないと、母親が自転車ごとどこかに飛んで行ってしまうから、というふうに。

萩原ゆかりはいつでもごきげんな感じだ。自転車はいつも風のようなスピードを出していて、鼻歌を歌っているときもある。今や島の名物になる勢いだ。「ヘプバーン」という渾名《あだな》もついた。美人だし髪が短いし、「ローマの休日」でヘプバーンとグレゴリー・ペックがスクーターを乗りまわしていたように自転車を乗りまわしているからに違いないが、その渾名にはどこか好意というよりは緩衝材みたいなニュアンスがくっついている。みんな、萩原ゆかりの存在をもてあましている。艶が死にかけ、萩原ゆかりがごきげんに自転車を乗りまわしているという状況をどう考えていいか決めかねているようだ。

何しに来たの。いつまでいるつもりなのと、でも百々子はもう萩原ゆかりに聞きたいという気持ちがなくなった。そのかわりのようにゆかりと奇妙な親交を結んで、自転車の彼女を見かければ声をかけ、一緒にスーパーまで行ったり、食堂に入ったり、休みの日などは松生の家に上がり込んで、二人の居候女《いそうろう》のように何をするでもなくぼんやり過ごしたりするようになった。

ゆかりとは優と一緒にいるときよりもよほど話が弾んだ。話題はもっぱら優のことだった。高校生の優がどんなふうだったか。百々子と出会ったときには、どんなふうに成長してどんな男になっていたか。それぞれの最初のデートのこと。口説き文句。癖。口癖。仕草。

話したくないこと、話すべきではないことを除いても、話題は尽きなかった。二人はベッドの上のことまで話した。そうそう、そうなのよね。信じられないわね、十六のときからそうだったわ。

その結果、百々子はこれまでのように優に会わなくても平気になった。優のことを考えたり、今日はがまんしようと思っているのに堪えかねて優の部屋を訪ねてしまったりする時間に、萩原ゆかりと会っているようになったから。

不思議なことが起こるものだと百々子は思った。これまでずっと、優に傾倒しすぎる自分の心を優から逸《そ》らしてくれるものを探していたのだが、それが優の子供を産んだ女だとは。

光は笑わない子供だった。

そのことに百々子が気がついたのは、光が笑っているところを見たからだった。そういえば、あんな顔を今まで見なかった。そういう気づきかただったのだ。それはきっと光自身が、笑わない子供でいることにすっかり馴染《なじ》んでいたせいなのだろう。百々子は子供というものにずっと縁がなかったし、最近の子供社会の現実にまったく疎《うと》いけれど、光はここへ来る前、じゅうぶん難儀な目に遭ったのだろうということは想像できた。

とにかく光は笑っていた、そのとき彼が一緒だったのは優だった。気がつくと、萩原ゆかりが百々子と一緒にいる間、光は優と過ごすようになっていたのだ。ある日――それは百々子の休日だったが――、自転車を引いた萩原ゆかりと百々子が並んで歩いていたとき、ぶらぶらしていたつもりが次第に光の捜索になる、ということがあった。息子がいるはずだと萩原ゆかりが思っていた場所に光がいなかったせいで、ゆかりは息子の名前を連呼したりはしなかったけれど、逆にむっつりと黙り込んで早足になった。

どちらからとなく海へ向かった——海に囲まれた土地で子供がいなくなれば、どうしてもそうなる。浜辺で遊び呆《ほう》けているいる子供が見つかることを祈って、あるいは、波打ち際《ぎわ》に子供の靴や服だけが見つからないことを祈って。この島の砂は黒い。その日のような曇り日には海と一続きになって見えるそこに、白い鳥みたいに二人がいた。二人とも白いTシャツ姿だったのだが、それは遊んでいるうちに暑くなって、それぞれシャツやパーカを脱いだせいだった。

海中に向かって飛び石のように並んだテトラポッドのひとつに空き缶が置いてあり、それに石を命中させる遊びを二人はしていた。優が大きく振りかぶって投げ、たぶん有名な野球選手の投球フォームを真似《まね》た、よけいな動作のせいで小石は空き缶を大きく逸れて、あらぬ方向へ飛んでいった。実際鳥が鳴いたような甲高い声がずっと聞こえていたが、それが光の笑い声だった。

百々子も萩原ゆかりも、声を上げなかった。自分が呼ぶべき名前を呼ぶことが互いに遠慮があった——あるいは、呼ぶべき名前がわからない、ということもあったのかもしれない。見たくもないものを見せられた、という百々子の気持ちは、萩原ゆかりにも伝わっただろう。

伝わっていることが察せられ、百々子は体の中が熱くなった。萩原ゆかりは熱くなっているのか、つめたくなっているのか、百々子にはわかりようもなかったが、同じように何かで体じゅうをいっぱいにした様子で突っ立っていた。浜に降りよう、私たちが見ていることをあの二人に気づかせようとどちらも言い出さなかった。むしろ堤防の陰で息を潜めて、それぞれの恋人と息子を眺めていた。

噂は人工衛星みたいなものだ。

噂の当人に聞こえなくても、そのすぐ近くをぐるぐる巡っている。

自分と萩原ゆかりのことをみんながなんと言っているのか、百々子は知らなかったけれど、優と光についての話はちゃんと聞こえてきた。

やっぱりよく似てる、そっくりだよね、と言うひとたちがいた。男の子はやっぱり父親がいいんだよね、と言うひとたちも。あんなふうな優さんをはじめて見た、というひともいた。あれだけなつかれたらいくら優さんだって情が湧《わ》くよ、とも。

そういうひとたちは、百々子のコメントを聞きたがっていたのだろうし、あるいは百々子に注意を促していたのかもしれない。

まるで本当の親子みたいに遊んでたよ。そう言ったのは美容院に来た客だった。百々子よりも少し年上の、山の中腹の住宅街に住んでいる船長の妻だったが、かつて彼女が優の恋人だった季節があることを百々子は知っていた。

メッシュを入れるための銀紙を髪にいっぱいつけて、その女が話しかけているのは店長だったが、もちろんシャンプー台を片付けている百々子の耳に女の言葉はすべて届いた。あ、そうか、本当の親子だものね。女がすぐにそう続けたのも、そのあとのくすくす笑いも。

百々ちゃん、シャンプーお願い、と店長が言った。店長が自分でシャンプーしてもいい状況だったが、女を黙らせるためか、それとも逆にもっと喋《しゃべ》らせるためだったのかもしれない。百々子が女をシャンプー台に座らせ、椅子《いす》を倒すと、女は一瞬じろりと、たしかめるように百々子を見た。瘦《や》せぎすで険があるが、大きなレモン型の目をしたきれいな女だった。優はきれいな女が好きなのだ。

百々子がガーゼを被《かぶ》せたので女の顔は見えなくなったが、シャワーで髪を流しはじめると、女の呼気でその唇の部分が一瞬へこんで、それから女は、

「連れていかれちゃうかもしれないよ」

と言った。

「それならそれで」

と百々子は答えて少し笑った。本当に何だか可笑《おか》しい気がしたのだが、空気が抜けるようなへんな笑いかたになってしまった。

「あんたもさっさと子供産んじゃえばよかったのに。あんただったら、何の支障もないでしょ」

「だって相手は高校生で産んでるんだよ」

その日の夜、百々子はYOUには顔を出さず、その上の部屋で優の帰りを待った。優の部屋の合い鍵《かぎ》は、付き合いはじめた頃にもらっていたが、これまでほとんど使ったことがなかった。最初の頃は四六時中一緒にいたからひとりで待つ必要などなかったし、そのあとは、優がいないときに彼の部屋に入ることを百々子はずっと避けてきた。何かを見つけてしまうことが恐《こわ》かったのだ。

百々子はだからその夜も、ほとんど身じろぎもしなかった。敷きっぱなしの布団《ふとん》の上に座っていたのは、そこがいちばん安全に思えるからだった。百々子自身から遡《さかのぼ》って、歴代の優の恋人たちと優とのセックスの匂《にお》いがそこには地層みたいに重なっていて、百々子を閉じ込め、あるいは守ってくれてもいるような気がした。

でも、もしも、この布団から這《は》い出して、密林みたいなこの部屋を隅々まで嗅《か》ぎまわったとしたって、結局何も出てこないのじゃないか。次第に百々子はそんなふうに思えてきた。優にはいつでも隠し事なんかないのだ。むしろそれが私にとっての不幸なのかもしれない。

午前二時過ぎて上がってきた優は、百々子を見て驚いた顔をした。

「おやまあ」

このところしばらく会っていなかった――それはもちろん、百々子が萩原ゆかりと会い、優が光と過ごしていたせいだったのだけれど。

「よかった。捨てられたかと思ってたよ」

優はそう言い、百々子の反応を窺《うかが》った。もしここで私がそれを肯定すれば、このひとはああそうなのかと簡単に納得するのだろうと百々子は思った。

もちろん百々子の表情はそうは見えなかったのだろう、優は草地に分け入るようにいろんなものをまたいで、百々子のそばに来た。後ろから腕を巻きつけて首筋に顔を埋め、会いたかったよー、と囁《ささや》いた。

「だって優が、保父さんで忙しかったから」

百々子はそう言ってみる。保父さんねえ、と優は言ってはは っと笑う。

「どんな感じ？　自分の子供って」

百々子はさらに言う。聞けるはずないとずっと思っていたことが、あっさり口から出てきて、優に聞いてはいけないことなんかじつは何ひとつないいんじゃないか、という思いがまた膨らんできた。

「可愛《かわい》いね」

同意を求めるような答えかたを優はする。

「でも、自分の子だから可愛いのか、子供だから可愛いのかはよくわかんないね」

優の手が百々子の体のあちこちに潜り込んできて、それからはもう喋らなかった。あんたもさっさと子供産んじゃえばよかったのに。抱き合っている間中、優の昔の女に言われた言葉が繰り返し浮かんできた。

私が萩原ゆかりを羨《うらや》ましく思うことがあるとするなら、それは彼女が優の子供を産んだことなどではないのだと百々子は思う。まだどれほどの月日も生きていない、どれほどのこともわかっていない頃に、優と知り合ったことだ。

私だってその頃ならば、優の子供を産むなどという馬鹿《ばか》げたことを考えたかもしれない。でも、もう、私はじゅうぶんに成長してしまっているのだから、このひとの子供を産むなんてそんな恐ろしいことはとてもできない、と百々子は思う。

4

それは暑いほどの日曜日のことで、島にはまず子供たちの姿があった。キミドリ色の半袖《はんそで》シャツを着た子供たちの一団が、船でやってきたのだ。子供たちの年齢は五歳から十歳くらいまで。スカートをはいている子も、半ズボンの子も長ズボンの子もいたが、上半身は必ずキミドリ色のシャツだった。シャツの襟の片方と片袖の縁に、小さな赤いマークがついていて、それは太陽のようにも蜘蛛《くも》のようにも見えた。

子供たちは港で散開したらしい。島のほとんどの人が見たのは五、六人のグループだった。小さい子から大きい子まで案配よく配されたグループが、島のあちこちに出没した。百々子も朝、出勤するときと、昼に食事に出たときに見た。揃《そろ》いの服を着ているせいで、さっき見た子たちと今見た子たちが同じかどうかよくわからず、キミドリ色の子供たちがそれこそ蜘蛛の子を散らしたように島中を覆《おお》っているような感じだった。

　夕方近く、美容院のドアが勢いよく開いた。ずかずかと入ってきたのは萩原ゆかりだった。木綿のパンツに白いシャツという格好でもいつものように都会的な雰囲気を漂わせていたが、どこか妙に感じられるところがあって、それはひどく汗をかいているせいだとわかった。

「光、いない？」

　その言葉の端にすでに絶望が滲《にじ》んでいた。いない、と店長が気圧《けお》されて棒読みのように答えた。

「どこにいるかわからない？」

　萩原ゆかりは百々子に向かって聞いた。優のとこは？　と百々子は言ったが、そこにいないからこちらへ来たのだろうということはもう察しがついていた。

　そのときはまだ外は明るかった。だが時間はあっという間に経《た》った。険しい顔で踵《きびす》を返した萩原ゆかりが、息子を連れて戻ってこないまま辺りはどんどん暗くなった。

「今頃もう一緒に家に戻ってるんじゃないのかねえ」と午後九時に美容院を閉めるとき店長が言い、「明日には帰ってくるだろ」とＹＯＵの客たちは猫の失踪《しっそう》を引き合いに出して言い合ったけれど、翌日になると、楽観的なことを言う人はいなくなった。

午後には捜索隊が組織された。山へ。そして海へ。光が遭難したり溺《おぼ》れたりした形跡は見つからなかったが、光の姿もどこにもなかった。

キミドリ色の子供たちもまだ島にいた。店長が美容院を臨時休業にしてしまったので、百々子も捜索隊に加わり、それこそ猫でも探すように街中を歩き回ったが、そのときすれ違った子供たちが「男の子が行方不明になったんだって」と話しているのを聞いた。子供たちがどこの誰で、島に何をしに来ているのかは知らないが、何だか新しいレクリエーションがひとつ増えたみたいに愉《たの》しげな様子なのが腹が立った。

もちろん子供たちに悪意などないだろう――どちらかといえば悪意があるのは島の人間の側だった。光がいなくなったタイミングから、なんだか、キミドリ色の子供たちが来たせいで光が島からどこかへ押し出されたみたいな印象があったのだ。

翌日、萩原ゆかりは警察へ行った。

行ったらしい、という話が百々子のところへ聞こえてきた。

その日は美容院の定休日だったので、百々子は仕事にかまけることができなくなった。そういう巡り合わせに苛立《いらだ》ちながら、優の部屋へ行った。

ドアには鍵がかかっていた。優は在宅しているときは、百々子と寝ているとき以外部屋に鍵をかけたりしない。呼び鈴はついていないからドアを叩《たた》いたが、応答はなかった。午前十一時。普段なら優はまだ寝ている時間だ。

それで、百々子が向かったのは松生の家だった。無意識に歩き出し、途中でそのことに気づいた。そこで優に会えるという確信があったわけではない――ただ今日、自分同様に何となく松生の家へ行ってみるひとは多いのではないかと思えた。実際松生の家の前には、数人がたむろしていた。松生本人はいないらしい。中のひとりがそう言った。松生も警察に行っているらしい。

その辺りには海の匂いが届いていた。日が差さず前日に上がった気温だけが残っているその日の天候のせいか、どこか生臭さがあった。

みんなその匂いを味わっているような顔をしていた。優は？　と百々子は聞くタイミングを計った。あるいは、何も聞かずただ立ち去るタイミングだったのかもしれないが、いずれにしてもそれより先に、

「優さんは海にいるよ」

と教えられた。

優の今日のTシャツは黄色だった。色褪《いろあ》せて白に近くなった黄色。前身頃には紺色の線でペンギンの絵が描かれていることを百々子は知っていた。優は砂浜に座ってい

た。海に向かって、両手を尻《しり》の後ろについた格好で、浮き出した肩胛骨《けんこうこつ》は果物を思わせた。あと数歩でそれに触れられるというところで優は振り向いた。

「よう」

と優は笑顔を見せた。どんなときでも百々子をうっとりさせてしまう微笑。

「見つかったか？」

百々子はぎょっとして、急いで首を振った。優の聞きかたは「終わったか？」というふうに——優が聞いているのは光の無事のことではなく逆のことのように——聞こえたから。

砂は湿っていて素足で履いているミュールの中がじめじめした。ここの砂はいつも湿っている——かんかん照りの真夏日が何日も続いてようやくさらさらになる。百々子は座らず、優の背後に立ったままでいた。

「松生さんは警察に行ったらしいよ」

と百々子は教えた。

「へえ、なんで？」

「疑われてるんじゃないかな」

「なんで？」

「光は、あなたの子供だから。松生さんは、あなたを恨んでるから」

「なんだそりゃ」

ははは。優は笑った。ずっと振り向かずに喋っているので、表情はわからない。

「松生に子供を殺す度胸はないだろ」

殺す、という言葉はしばらくの間宙に浮かんでいた。優はあらためて言い換えるように、

「俺が恨まれる筋合いないし」

と言った。

「あなたを疑ってる人もいるよ」

百々子はそう言ってみた。

「なんで？」

優はそこではじめて振り向いた。面白い冗談を聞いた顔をしていた。

「子供が邪魔になったんじゃないかって」

「なるほどなあ」

実際には、そんな話は百々子の耳には届かなかったし、どこかで囁かれているとしても、気にも留めなかっただろう。優が光をどうにかするなんてまったく考えられな

い。彼が光の父親だからではなく——他人を傷つけるとかこの世から消し去ってしまうとか、そんなひどいことをするにはそれに見合う分量の思いや感情が必要なはずだ、と百々子には思えるからだ。たとえば艶が優に向けていたような。松生が艶に向けていたような。

「ひゃーっ、なんだ？　あれ」

優が素《す》っ頓狂《とんきょう》な声を上げて指差した。入り江から三艘《そう》続いてあらわれた漁船は、どの船もキミドリ色のシャツの子供たちを満載していた。子供たちは旺盛《おうせい》な植物のように蠢《うごめ》き、さざめく声が浜辺にも届く。こちらを指差したり手を振ったりする子供もいた。船は沖へ向かっていく。

「ああいう昔話があったな、子供たちがごっそりいなくなる話」

優は百々子を振り仰ぎ、愉しそうに言った。

「笛を吹く男についていって、町中の子供がいなくなっちゃうんだよ。男は最初にその笛でネズミ退治をしたんだけど、町の人が金を払ってくれないから、復讐《ふくしゅう》するんだ。同じ笛を使って。何とかの笛吹きって話。知らない？」

知らないと百々子は答えた。

もちろんキミドリ色の子供たちは、そのまま消えたりはしなかった。昼過ぎには港の食堂に並んで刺身定食を食べていて、それから来たときと同じ船に乗り島を出ていった。

そのことはその日、ずいぶん遅くなってから聞いた。それより前に、光が無事だったという知らせがあった。電話は優の携帯にかかってきた。浜辺から二人で優の部屋に戻って、抱き合っているときだった。優は百々子の上に乗ったまま電話に出た。

ふざけてんなあ、というのが優の第一声だったから、それだけでは何の電話なのかわからなかった。まあとにかくよかったよ。そう言って電話を切ったときには、光がどこかでぴんぴんしているらしいことは百々子にも伝わっていた。そのあと優のセックスは、いつもよりいくぶん激しく、しつこくもなったけれど、それは怒っているせいなのか、ほっとしたせいなのか、それとも光のこととは何の関係もないのか、百々子には判断がつかなかった。

光は自宅にいたのだ。萩原ゆかりの夫で、光には養父にあたる人が、キミドリ色の子供たちと一緒の船でやってきて、すぐ次の便で光を連れて島から出ていったのだった。

島へ来た理由は光の身の上にだけではなくて、萩原ゆかりにもあったのだろう。あるいは彼女が百々子に、それに聞かれれば誰にでもそう言った、光がいじめに遭っていたという話は作り事だったのかもしれない。みんなはそんなふうに、この一件について整理した。でも長くは話し合わなかった。当事者である萩原ゆかりが、間もなく島を去ったから。

今はこんなものがあるんだよ。

そう言ってYOUの常連客がポケットから取り出した三センチ四方のサイコロは、携帯電話に繋《つな》ぐとスピーカーになるのだという。ところが彼自身の携帯も、ほかの誰の携帯電話も、音楽を聴く仕様になっていなかったから、優が自分のを出した。シャイニーピンクの優の携帯のジャックにサイコロから延びた細いケーブルの先を差し込むと、ふわふわした女の声が歌い出した。フランス語だ。

フランソワーズ・アルディ。優はちょっと惜しむふうにその名前をみんなに教えた。こないだ見つけてダウンロードしたんだ。いい曲だろう？　その晩YOUで、フランソワーズ・アルディはずっと同じ歌を歌っていた。午前一時、そろそろ店じまいしようかという頃に店の電話が鳴ったときだけ、音量が絞られていた。

優の電話の応対で、百々子もほかの客たちも、それが何の電話なのかわかったが、優が電話を切るとみんな口を利《き》かず優から伝えられるのを待った。優がどんな言葉を使うのか知りたかったのだ。優のほうもそれがわかっているようだった。艶が死んだ、と簡潔に言った。

それでもみんな黙っていた。今度はたぶん、自分たちが言うべき言葉に迷っていたせいだろう。優がさっと動いた。まるで誰かを殴ろうとするときみたいな、乱暴で性急な動きだったから、そのあとすぐフランソワーズ・アルディの歌声が聞こえてきたのは妙な感じだった。

これ何て歌なの。誰かが聞き、もう森へなんか行かない、と優は答えた。ずいぶん文学的だね、と店長が言った。結局フランソワーズ・アルディが艶についての話題を封じたかたちになった。フランス語はとりつく島もなく、何が歌われているのか見当もつかなかった。淋《さび》しそうな歌ではあった。優がどんなつもりだったのか知らないが、葬送曲にみんなで耳を澄ますことになったと言えなくもない。

森の中を鬼女のような顔で駆けまわる艶の姿が、百々子の脳裏には浮かんできた。森といっても海のそばの防風林だが、実際そこを、鬼気迫る顔をして早足で歩いていく艶の姿を見たことがあった。優を探していたのだ。艶は百々子に会っても気にも留めない様子だった。優さんがどこにいるか知らない？　と百々子にだけは聞かなかったが、あのひとを寄こせと詰め寄ることもなかった。ただの樹《き》か猫か犬かなにかのように百々子を無視していた。

その頃、優の居場所を誰も艶に教えなかった。島外に出るのでないかぎりどのみちすぐに見つかったが、見つかるまで艶は探し続けた。その少し後ろにはいつでも松生がくっついていた。痩《や》せた頼りない体を懸命に動かして、艶に追いついてしまわないように、でも見失わない距離を保って追いかけていた。滑稽《こっけい》なことに、こちらは百々子を見かけると会釈《えしゃく》した。生真面目《きまじめ》な顔で。

艶のことを思い出していたのは、でも少しの間だけだった。そのあとは萩原ゆかりのことを考えていた。同じ防風林の中で、萩原ゆかりとも会ったことがあった。それは光が行方不明になる少し前のことだった。

心配しないで、とゆかりは言った。優を連れて帰ったりはしないから。私はあの人には何の期待もしていない。

萩原ゆかりが島を発《た》った日、百々子は見送りには行かなかった。だが仕事中、上空を飛ぶプロペラ機の音を気にせずにはいられなかった。百々子はそのときこそ、萩原ゆかりを心から羨んでいたのだ。

フランソワーズ・アルディの歌声が間延びして、次第に老婆《ろうば》のような声になった。

なんだよこれ、だめじゃん。誰かが言い、電池切れかなあと持ち主が言い、それから百々子は、優の軽やかな笑い声を聞く。

5　艶《つや》のために父親から捨てられた娘、山田麻千子《まちこ》（20歳）

I

安藤慎二教授はこの春に独身になった。

引きも切らない女性関係に、とうとう奥さんががまんするのをやめたのだ。その噂《うわさ》は学内のあちこちで聞こえてきたが、麻千子はまるごと信じてはいなかった。教授が学内の女子学生に片っ端から手をつけているという、それが本当なら、とっくに辞めさせられているはずではないか。——安藤教授の叔父さんは国会議員の某《なにがし》で大学の卒業生でもあって、多額の寄付をしてるから、教授はたいがいお目こぼしされているらしいよと、反論もちゃんと用意されていたけれど。

経済学部本館から出てきた教授は、紫陽花《あじさい》が咲く中庭を颯爽《さっそう》と歩いていく。女子学生たちが自分を見ていることに気づいて、にやっと笑って片手を上げる。何あれ。勘違いしてる。みんな口々に悪態を吐《つ》くけれど、その口調はどこか浮き立ってもいると麻千子は感じる。

「ゴールデンウィークどうするの？」

麻千子は友だちにそう聞かれる、すでに答えはわかっているが、社交上聞いてみる、というふうに。

「帰る」

とだから麻千子は簡潔に答える。

「そりゃ、そうだよねえ」

ともうひとりの友だちが言う。それから麻千子は、彼女たちのゴールデンウィークの予定を聞かされる。三人で、中の一人の那須《なす》の別荘に呼ばれるのだそうだ。いいなあ、と麻千子も社交的に言う。

「誘おうと思ったけどどうせ麻千子はアッキーのとこだと思って」

「麻千子のほうがずっといいじゃん」

友だちは邪気なく口々に言い、

「へへ」

と麻千子は照れ笑いしてみせた。

アッキーこと高畠朗人《たかばたけあきひと》は麻千子が高校時代から付き合っている恋人である。一年前に高校を卒業し、朗人は地元の専門学校に、麻千子は東京の大学に進学したから、二人はいわゆる遠距離恋愛中なのだ。

ゴールデンウィーク中は講義もほとんど休講になり、今年は十日間のまとまった休日になった。その初日に麻千子は郷里に向かう列車に乗った。

生まれ育った田舎町まで東京駅から約三時間かかる。すし詰めの自由席は結局着くまで座れなかった。去年、離ればなれになったばかりの頃は、朗人が東京へ会いに来ることのほうが多かったが、今は麻千子が動くことが通例になっている。朗人にとっての上京が経済的にというよりは心理的な負担になっていることを察して以来、来てもらうより行くほうが気楽になった。

列車の時間はメールで知らせてあったのに、いつもなら必ず改札口で待っている筈《はず》の朗人の姿がなかった。麻千子が改札口を出たところで携帯電話が鳴り出した。ごめん、行けない。朗人の暗い声が言う。どうしたの？　と聞いてもはかばかしく答えない。家から出られないんだ、とようやく言う。まるで拉致《らち》されて犯人に見張られながら喋《しゃべ》っているような気配だ。

拉致でないとしたら病気か怪我《けが》だろう。麻千子は朗人のアパートへ急いだ。そこは朗人の実家からさほど遠くない、彼の父親が幾つも持っているアパートのうちの一つだった。朗人は麻千子と一緒に入学しようと誓い合った東京の大学に落ちたとき、まるでそれが自分以外の誰かの陰謀であるかのようにごねて、その部屋を手に入れたのだ。

畑の真ん中で異彩を放っている黄色い壁のアパートの、コバルトブルーの外階段を上り、同じブルーのドアの横の呼び鈴を押す。バッグの中から合《あ》い鍵《かぎ》を取り出そうとしたとき、ドアが開き朗人がのっそりとあらわれた。

「どうしたの？　大丈夫？」

麻千子は思わず声を上げた。朗人はパジャマ姿で、髪はぼさぼさ、顔はむくんでいる。どう見ても病人だ。

「麻千子」

という溜息《ためいき》のような泣き声のような声が朗人の返事だった。そのまま覆《おお》い被《かぶ》さってきたので、昏倒《こんとう》したのかと思ったら、強い力で抱きすくめられた。

髭《ひげ》が伸びてざらざらした顔が擦りつけられ、貪《むさぼ》るようにキスされた。部屋の奥へじりじりと押していかれ、ベッドに押し倒された。セックスの激しさによって、少なくとも肉体的な病気ではないことは判明した。

「会いたかったんだ」

終わっても麻千子から離れず、子供のように縋《すが》りつきながら朗人は言った。

「麻千子がもう来ないんじゃないかって考えたら止まらなくなって、気分が悪くなってきて、動けなくなって」

「どうしてそんなふうに考えたの？」

麻千子はびっくりして言った。

「来ないわけないじゃない。朗人に会えるのだけが楽しみなのに」

ほんと？　朗人は切ない目で麻千子を見つめ、ほんとだよ、と麻千子は同じ目で見つめ返した。来ないなんて思われて悲しいよ。

ごめん。朗人は麻千子の胸に顔をうずめた。乳房のあちこちが生暖かくなったので、朗人が泣いていることがわかった。

それからの九日間は、食料品を買いにいくほかは家から一歩も出ずに、くっつきっぱなしで過ごした。寄ると触るとセックスしているのは、お互いに初体験だった高校一年の夏がもどってきたかのようだった。

朗人は次第に元気を取り戻したが、麻千子が帰る日が近づくとまた不安定になってきた。帰りたくないけれど帰らなければならない、ということを朗人に納得させるのに、麻千子は言葉と体をさんざん尽くさなければならなかった。

「大好きだよ、毎日メールするよ、電話もする」

百万遍にも思えるほど繰り返して、朗人はようやく麻千子を送り出してくれた。

「見送ったあとひとりで家まで帰るのが辛《つら》いから」駅までは送れない、と言う朗人と、アパートの玄関で別れることになったのは幸いだった。

というのは麻千子は、今回の休みは九日間しかとれないと朗人には言ったけれど、実際には十日間で、最後の一日は実家に帰る予定にしていたからだ。

もちろん今回の事態を予測していたわけではなかったけれど、朗人と過ごせる時間を削って実家に立ち寄ることについて、以前から朗人は不満たらしいことを言っていたので、言い争いになるよりも嘘《うそ》を吐くほうが実際的だと麻千子は考えたのだった。

実家では母親がひとりで暮らしている。一人娘としてはときどき様子を見にいく義務があるし、朗人があんなふうになるまでは、ある意味で母親のほうが心配だった。

麻千子の祖父、つまり母親の父親は街中《まちなか》で料亭を営んでいる。母親はそこでマネージャーのようなことをして祖父から生活費をもらっているが、ゴールデンウィーク最終日のその日は店を閉めていたので、母親は家にいるのだった。家は祖父の土地に建てた小さな二階屋だった。玄関横の石榴《ざくろ》の木が赤い花をたくさんつけていた。

麻千子の母親は今年四十七歳になる。色白ですんなりした体をしていて、年よりもずっと若く見える。だが瑞々《みずみず》しいというよりは、納戸《なんど》の中で誰からも忘れられているフランス人形のようだというのが麻千子の印象だった。

東京行きの列車に乗っていると朗人が思っている時間に麻千子は母親と夕食を食べた。料亭の娘であるにもかかわらず、久しぶりに帰ってくる娘と囲むテーブルに、母親はいつでもまったく日常的な料理を並べた。たとえばその夜だったら、刺身に蕗《ふき》の煮物にキャベツと豚肉の炒《いた》めもの、という具合。土地柄魚は新鮮だったし、母親の料理は決して下手ではなかったが、「おふくろの味」というにはさばさばしすぎている感じがある。その食卓で、麻千子は母親ととくに何を喋るというのでもない。母親を嫌いなわけではないが、薄気味悪いと思っているせいかもしれない。

母親のほうは、いつでもあるがままを受け入れるという体《てい》で淡々としている。麻千子が喋らなくても気にするふうもなく、朗人とのことや東京での学生生活について聞き出そうという気配もみせない。たまに麻千子が何か話せば、ふんふんと適度な関心を示しながら耳を傾け、必要に応じて意見や助言もする。そんなところも何となくスイッチで決まった動きをする玩具《おもちゃ》じみて感じられるが、母親がこんなふうになったのは、父が出ていってからのことだろうと麻千子は考えている。

けれどもその夜、食事がそろそろ終わるという頃になって、めずらしく母親のほうから口を利《き》いた。

「艶さんが死にかけているそうよ」

と言ったのだった。

2

その名前を麻千子は子供の頃から知っていた。

艶と父親とが並んだ写真が、応接間に飾ってあったからだ。

写真、正確に言えば雑誌の切り抜き。ちっぽけな記事の中のちっぽけな写真を母親が切り取って額装したのだ。

それをはじめて見たときのことを、麻千子は鮮明に覚えている。十かそこらのときだった。学校から帰って来ると、母親はちょうどその記事を雑誌から切り抜いているところだった。マッちゃん、見てごらん。お父さんが雑誌に出てるよ。母親は幾分興奮して、ほとんど嬉《うれ》しそうに麻千子を呼んだ。記事は父親がO島で開いたという、レストラン兼ペンションのような店を紹介するものだった。

「レストラン松生《まつお》」と彫り込んだ木製の看板の前で、二年ぶりに見る父親は彼と同じくらいひょろりとした女と並んで立っていた。父親は口をかたく引き結び緊張しきった面持ちなのに、女はにんまりと笑っている。このひと誰？　と麻千子は聞いた。

このひとが、今お父さんと一緒に暮らしてるひとよ。そんなこともわからないなんてばかねえ、というふうに母親は答えた。そうして麻千子の手から記事を取り返し、あらためて目を走らせて、

ああ、艶っていう名前なのね。

と言ったのだった。

祖父の料亭で板前として働いていた父親が仕事を辞め、家を出ていったのは、麻千子が八歳のときだった。

そのとき麻千子が受けた説明は「お父さんは仕事の都合で、しばらくよそで暮らす

ことになった」というものだったが、父親はもう帰ってこないこと、出ていったのは自分たち家族とはべつの誰かと暮らすためであることは何となくわかっていた。

父親は麻千子にとってはそもそも印象の薄いひとだった。家より職場にいるほうが長かったし、料亭で白衣を着ているときは別人のように見えた。声を荒らげることも、小言を言うこともなかったが、可愛《かわい》がられた記憶もなかった。家にいるときは家具みたいだった。麻千子の家にはそぐわない、使いかたもわからないような家具。

父親が出ていったとき、麻千子を動揺させたものがあるとすればそれは父親の不在ではなくて残された母親の平静さだった。母親は怒りも泣きも騒ぎもしなかった。麻千子を学校に送り出すときみたいに父親を見送った――実際のところ、母親があまりに穏やかだったので、麻千子は父親が完全にいなくなったことにしばらくの間気がつかなかった。

しかたないわねえ。その頃母親はよく言っていた。麻千子が父親の行き先や彼がいなくなった理由について何か聞いたようなときに。しかたないわねえ。母親は薄く微笑《ほほえ》み、歌のようにその言葉を口にした。その口調はふわふわしていて無関心な感じで、誰のことでもないみたいだった。

両親が離婚したことは、朗人はもちろん、麻千子のたいがいの友人知人は知っているけれど、母親について麻千子が感じてきたことはこれまで誰にも言ったことはなかった。

だがある夜、気がつくと安藤教授に喋っていた。

教授と個人的に会うのはそれが二度目だった。一度目はゴールデンウィークの前、バイト先に近い居酒屋で会った。

大学の最寄り駅から二駅先の町にある自然食品専門の店で麻千子はバイトしているのだが、そこの仲間たちと飲んでいたら、同じ店に教授がいたのだった。若者で賑《にぎ》わう居酒屋だったが、教授はカウンターでひとりで飲んでいた。教育学部の麻千子は経済学部の安藤教授の講義に出たことはなかったが、教授は学内の有名人だったからすぐにそれとわかった。

ちらちら盗み見ていたら、あの人うちのお客さんだよ、とバイト仲間のひとりが言った。自然食品店では電話注文を受けて配達するシステムがあるのだが、彼女の担当区域に教授の家があるらしい。すごいお屋敷だよ、奥さんはすごい美人だよ、それにあのひとシブいよね。酔っぱらいの無頓着《むとんじゃく》さで声を潜めもせずに喋るものだから、教授がぱっとこちらを見た。麻千子は仕方なく会釈《えしゃく》した。しばらくして教授の椅子《いす》のうしろを通ってトイレへ行こうとしたとき、君はうちの学生だねと声をかけられて、トイレから出てくると、なぜかそのまま教授の隣に座ることになった。

それが一回目。そのとき教えたメールアドレスに連絡が来て、二回目は西麻布《にしあざぶ》の韓国料理店で待ち合わせした。高級住宅街の一角にひっそりと佇《たたず》む店の雰囲気にも、度数は低いからと勧められ何杯も重ねたマッコリにも酔って、そのまま二軒目のバーへ連れられていった。看板もなく、ビルの裏口のインターフォンで名前を告げないと入れない半会員制みたいなバーで、店内はほとんど真っ暗といっていいほど灯りがなく、バーテンダーがひとりいるだけでほかの客の姿もなかった。座り心地が良さそうなソファの席がひと組あったが、そちらではなく居酒屋のときのようにカウンターに並んで座った。そこで麻千子は安藤教授に、母親の話をした。

「お母さんが寛容すぎるのがあなたは気に入らないの？」

教授は女性的な話し方をした。「あなた」と男性から呼びかけられるのも麻千子にははじめてのことだった。

「気に入らないっていうか、わかんないんです」

麻千子は言った。

「だってふつう自分を捨てた男の写真なんか飾らないでしょう。しかも捨てる原因になった女も一緒に写ってるんですよ」

「その女性は美人なの？」

　麻千子が聞いたこともない名前のウィスキーのグラスを揺らしながら教授は聞いた。麻千子は教授が勝手にオーダーしたジンライムを飲んでいる。

「まあ美人かな。写真が小さいからよくわかんないけど。母のほうが美人かもしれない。っていうか、自分のほうが美人だとか、そういうことであの写真を飾ってるわけじゃないと思いますけど」

　ああ、ごめんごめんと教授は軽い笑い声を立てた。

「美人なのかと聞いたのに意味はないんだ。どんな女か聞いたほうがイメージしやすいからさ。でもひとつわかった。お母さんが美人だということは、あなたはお母さん似なんだね」

　麻千子は困ってグラスを干した。何にしようか、もう一杯同じものを飲む？　と教授は聞き、麻千子が答えないうちにバーテンダーに告げた。

「お父さんの店が雑誌に取り上げられたことがお母さんは嬉しかったんじゃないかな。単純に。お父さんが幸福なことがさ」

「それほど父を愛してるってことですか？」

「まあ、そういうことになるね」

「愛してるなら簡単に手放さなきゃいいのに」

「泣いても騒いでも、どうにもならないことはあるからね」

「しかたないわねえ」

麻千子の口をついて出たのは母親の口癖だった。それを知らない教授は面白そうにくすくす笑った。

呼び鈴が鳴ってバーテンダーがインターフォンを取った。間もなく騒がしい声と足音が聞こえてきて、男女五、六人のグループが入ってきた。行こう。教授は麻千子を促して立ち上がった。

暗い住宅街を十分ほど歩いて、べつのマンションの前へ来た。教授と一緒にエレベーターに乗り込みながら、また似たようなバーがあるのだろうと麻千子は考えた——実際のところはそこが教授が借りている部屋だとその時点で本当に気づいていなかったかどうかは怪しいが、すくなくともその夜教授と寝たことへの、自分に対する言い訳にはなった。

麻千子はその部屋を午前一時過ぎに出た。

教授は引き留めなかったし、むしろ私が帰ろうとしなければ、追い出す算段をしたのだろうと麻千子は思った。

教授は携帯電話でタクシーを呼び、一万円札を麻千子に握らせ、エレベーターに乗せた。ベッドを出てからはキスひとつするでなく、車に乗るのを見送ってもくれなかったが、麻千子にはそのほうがありがたかった。

焦《あせ》っていたからだ。朗人に電話をしなければならなかった。毎晩電話をする約束をずっと守り続けていたが、こんなに遅くなったことはなかった。そのうえ教授と会っている間、携帯電話の電源は切りっぱなしだった。

「ごめん、充電切れてて」

この言い訳はもう二度と使えないだろうな、と麻千子は思い、そう思った自分に呆《あき》れた。こんなことが二度三度とあると思っている、ということだから。

「切れてるの気がつかなかったの。今コンビニで慌《あわ》てて充電したの。バイトの飲み会だったのよ」

ああ……という呻《うめ》き声のような朗人の応答があった。呼び出し音を一回鳴らすか鳴らさないかのうちに電話に出たから、麻千子からの電話をじりじりと待っていたのはあきらかだったが、朗人は怒りも詰問《きつもん》しもしなかった。心配しすぎて気力がなくなってしまったような感じだった。

「ごめんね、朗人、ごめん、大好きだよ」

タクシーの中で携帯電話を抱きかかえるようにして麻千子は言った。夜中にマンションから出てきたのを知っている運転手にはいったいどう思われていることか。

「ほんと？」

消え入るような声で朗人がようやく聞き返した。ほんとだよ、大好き、朗人、大好きだよ。麻千子は繰り返し囁《ささや》きながら、今日、安藤教授に母親のことを話した理由を考えていた。私が知りたかったのは母親についてじゃなくて、もしかしたら朗人とのことだったのかもしれない。

3

両親は見合い結婚だったらしい。

料亭の娘と板前だから、祖父が従業員の中から娘婿《むすめむこ》として選んだのが父だった、ということなのだろう。

まだ父が出ていく前のことだったからたぶん麻千子が六歳か七歳の頃、自分の両親が見合い結婚か恋愛結婚か、ということが学校で話題になって、帰ってから聞いてみたことがあった。たまたま父親も母親も家にいたときだった。お父さんとお母さんはお見合い結婚？　恋愛結婚？　すると母親がすぐさま「お見合いよ」と答えた。

お見合いなの？　麻千子の声音にはがっかりした響きがあったのだろう。恋愛というものよりはお見合いのほうがはっきりイメージできていたに違いないが、友だちと話したときに「お見合いより恋愛のほうがえらい」というニュアンスを感じていたから。でも大恋愛だったんだぞ。そう言ったのは父だった。その瞬間、誰かが突然部屋の灯りを点《つ》けたかのように——あるいは突然消したかのように——、その場の空気が変わったのを覚えている。父がそんなふうに自分の相手をしてくれるのがめずらしいことだからだと、そのときの麻千子は思ったのだけれど。

母親は黙っていた。麻千子がこの出来事のことを奇妙に覚えているのはたぶんその記憶のせいだ。父親が家族の会話に参加するのはめずらしいことなのに、そうして彼はあきらかに場を盛り上げようとしていて、しかも彼が話しかけているのは麻千子ではなく母親であるということは当時の麻千子にもわかったのに、母親は笑いも、微笑みすらせずに、アイロン台の上に目を落としていた。今まで会話していたのはアイロンとだった、とでもいうように。

両親はとくに仲がよかったわけでもないが不仲だったわけでもない、と麻千子は思う。いずれにしてもそういうことを考えるようになったのはじゅうぶんに成長してからで、両親とともに暮らしていたときに意識したことはなかった。その程度の仲の良さ、ということだったのかもしれないし、八歳未満の子供にとっては自分の居心地以上のことはテーマにならなかったのかもしれない。

父親が出ていったときでさえそうだった。父親は母親を愛していなかったのだ、だから出ていったのだ、そう考えるようになったのは、ずっとずっとあとになってからだった。

一回だけのことだと思っていた安藤教授との関係は、その後もまだ続いていた。教授の女たらしぶりがあれほど噂《うわさ》になっているにもかかわらず、教授がのうのうと教授でいられる理由には、彼の出自以外にも理由があるのだろうことが麻千子にはわかった。関係ができたとき、それを隠そうとするのは教授ではなく私たちのほうだからだ。

もっとも教授は教授で、画策していることが何もない、というわけではないらしかったが。あの薄暗いバーに連れていかれたのは初回きりだったことや、ときにデートが食事だけで終わることや、逆にいきなり彼のマンションに呼びつけられたりすることから、それがわかった。

その日は麻千子は教授のマンションにいた。昼間のことで、麻千子は来たばかりだったが、あと一時間くらいで僕は出かけなければならないから、と言われていた。そんな短い逢瀬《おうせ》のときには教授はセックスするより話したがった——それも画策のうちなのかもしれない、と麻千子は考えてしまったし、麻千子にしてみれば教授と話すのは体を合わせているときよりも心が休まらないことだったのだけれど。

「三浦半島に別荘があるんだけどね」

と教授は言った。二人はまるいガラス天板のコーヒーテーブルを挟んで向かい合っていた。

「この週末、どう？　梅雨になる前に行ってみない？」

「週末はだめです」

麻千子は言下に言った。

「予定があるんです」

おや、そう？　と教授は愉《たの》しそうに、忌々《いまいま》しいほど素敵に微笑む。

どんな予定？　と聞かれることを予想して麻千子は身構えたが、教授は聞かなかっ

「あなたはなかなか手強《てごわ》いね」

かわりにそんなふうに言った。麻千子は目を伏せ、高そうなカップの中に薄く残った。たコーヒーを見据えながら、きっとどんな女にも同じように言うんだろう、と思った。


金曜日、講義が終わるとすぐ麻千子は列車に乗った。

朗人の部屋の前に着いたのは午後八時過ぎだった。

呼び鈴を押すと、「はい」という不機嫌な、でもこの頃の様子からするとかなり力強く聞こえる返事があって、どたどたという足音のあと、ドアが開いた。朗人はぎょっとした顔になった――驚かせようと思って麻千子は何の連絡も入れていなかったからだ。

「来ちゃった」

そう言って麻千子は少し恥ずかしくなった。その科白《せりふ》はドラマや漫画でしきりに使われているものだったから。だから朗人がまったく臆《おく》せず感に堪えた顔をして、麻千子を抱きしめてくれると救われた気持ちになった。

長いキスが終わると、朗人は体を離して、先に部屋の中へ戻っていった。その様子が幾分慌てたふうに思えたので、麻千子は靴を脱ぎながらつい奥を窺《うかが》った。朗人はリモコンを操作してテレビの電源を切っていた。ああ、テレビ（もしくはアダルトビデオ？）を観《み》ていたのだ、と麻千子は思った。何を観ていたってかまわないが、それを隠そうとすることに違和感を覚えた。

だが口には出さなかったから、その週末もべたべたして過ごした。朗人はゴールデンウィークのときよりは安定しているように思えたので、日曜日の午後、列車に乗る前に母親のところへ寄るつもりだと麻千子は打ち明けた。すると朗人はまた萎《しぼ》みはじめた。あまり動かなくなりものも言わなくなった朗人に「じゃあね、また来るからね、大好きだよ」という言葉をまじないのようにかけて麻千子はその日も一人で部屋を出た。

この前ほどは心配はしなかった。朗人は普通にテレビを観たり、そのことを隠したりもできるのだから。だが後ろめたさが募った。母に会いにいくのは本当だったし、気がかりでもあったのだけれど。後ろめたさを感じなければならないことはほかにある筈《はず》なのに、今こんなふうに募るのは不思議だった。

そのうえ母親は留守だった。日曜日だったから当然在宅していると決めていて、事前に連絡していなかった。母親は、携帯電話を持っていない。

家の前で十五分ほど待ってみてから、麻千子は実家をあとにした。あの母親にもときには日曜日に家を空けるような用事があるということだろう。どちらかといえばそれを知りたくないような気分で、そそくさと列車に乗った。

4

東京駅に着いたところで携帯電話が鳴り出した。

母親からの電話だった。驚いたことに今、東京のC市にいるのだという。

「C市？　そこで何してるの？」

「飛行場があるのよ。O島から飛行機で帰ってきたの」

今夜は麻千子の部屋に泊まりたいのだという。麻千子同様母親もまだ夕食を食べていないというので、新宿で落ち合うことになった。

母親はペイズリー柄のスカートに空色のニットのアンサンブルという、まったく母親らしいよそいきの格好で、改札口で待っていた。駅に近いファッションビルの上層階の洋食屋に連れていった。大学の女友だちとショッピングをした帰りに一度入ったことがある店だった。アンティークふうの家具調度に生花をアクセントにした店内を母親はめずらしそうに見渡す。

「ビールも飲もうか」

料理を決めると、母親はそう言った。飲めない人ではないことは知っているが、自分から積極的に飲みたがるのはめずらしかった。生ビールが二つ、料理に先駆けて運ばれてくる。

「艶さんがいる病院に行ってきたの」

麻千子がどう聞けばいいか迷っているうちに、母親のほうからそう言った。

「まだ生きてるの？」

「そんな言いかたしちゃだめ」

母親はほとんど反射的にたしなめた。

「もう意識はなかったけどね。管をいっぱいつけてて。長くは持たないでしょうね」

母親はビールを水のようにごくごくと飲んだ。麻千子も慌てて自分のジョッキに口をつける。

「お父さんに会ったの？」

母親は首を振った。そんなことするわけないじゃない、というふうに。

「会わなかったの？　じゃあ何しにO島まで行ったの？」

「だから、艶さんに会いに。香住《かすみ》叔母さんっていたでしょう、お父さんの妹の。あのひとが電話をくれたのよ、艶さんがもう長くないって。もう打つ手がなくなって、痛み止めのモルヒネを入れてるだけだっていう話もそのときに聞いたから、ああ、じゃあ誰が行ってももうわからないわねと思ってね」

「じゃあ、見に行ったってことじゃない――会いに行ったんじゃなくて」

「まあ、そうかもね」

　母親は不承不承というふうに頷《うなず》いた。見に行ったにせよ会いに行ったにせよ「何のために？」というのが麻千子が本当に聞きたいことだった。だが聞けない。母親が注文したビーフカツレツと麻千子のミートドリアが運ばれてきて、会話はそこで中断した。もしかしたらこのままこの話は終わってしまうのではないかと麻千子は思った。

　が、母親が不意に、何かを思い出したようにくすくす笑い出した。

「病院を見つけるのは簡単だったの、がんの患者が入院するような大きなところはひとつだけだったから。ただ、今はこちらが何者なのかはっきりさせないと面会させてもらえないのよ。それで、姉だって嘘《うそ》を吐《つ》いたの。東京から来た艶さんの姉だって。そうしたら看護婦さんが何て言ったと思う？　やっぱり似ていらっしゃいますね、ですって」

何と答えたらいいかわからず麻千子は黙っていた。母親は自分のカツレツを一切れ、助け船のように麻千子のドリアの上に載せた。ドリア、食べてみる？　麻千子が聞くと母親はフォークを伸ばして、ホワイトソースがかかったごはんをほんの少し掬《すく》って口に運んだ。

「東京のお店はやっぱり雰囲気も味も垢抜《あかぬ》けてるね」

何となく科白を読むようにそう呟《つぶや》いた母親に、

「もう一軒行こうか」

と麻千子は言った。

「安藤です」

インターフォンに向かって麻千子は言った。門前払いされるかもしれないという懸念《けねん》もあったが、すぐに「どうぞ」とバーテンダーの声が感じよく応じた。

「ちょっと、ここお友だちの家？　困るわよ」

動揺する母親を「ちゃんとしたお店だよ」とエレベーターに促した。バーは最初の夜と同じくまだ誰も来ていなかった。バーテンダーは二人を見て意外そうな表情も見せずに、「よろしければこちらへどうぞ」とひと組だけあるソファの席を示した。暗がりに沈み込んだようなゆったりした二人掛けソファに母親は恐る恐る腰をおろして、「マッちゃん、こんなところにしょっちゅう来てるの？」と囁《ささや》く。

「しょっちゅうじゃないけど」

麻千子は小声で言う。

「ドラマの中みたいなとこが東京には本当にあるのねえ」

バーテンダーが注文を取りに来た。麻千子がジンライムを頼むと、「私はラフロイグをロックで」と母親は言った。

「ラフロイグ？　って、何？」

バーテンダーがいなくなると麻千子はびっくりしながら聞いた。

「ちょっと臭いお酒。昔、飲んだの」

お父さんと？　と麻千子が聞くと、まあね、という答えがあった。間もなくグラスが運ばれてきて、麻千子は母親のグラスに鼻を近づけて顔をしかめた。

「お父さんもよくそういう顔してたわ」

まるでどこかに風穴でも開いたように母親から感傷が溢《あふ》れ出てきて、麻千子は頭がくらくらした。

母親をこのバーに連れてきたのは、たぶん彼女のことをリトマス試験紙の上に垂らす薬品のように思っていたせいだった。安藤教授とはじめて寝た日に連れてこられたこの店に母親を投じれば、化学変化みたいなことが起きて、自分でもさっぱり摑《つか》みきれない自分の心の中の何かひとつくらいは浮かび上がってくるんじゃないかと期待したのだ。

呼び鈴が鳴った。バーテンダーがインターフォンを取り、ちらりとこちらを見ながら、「はい、どうぞ」と言うのが聞こえた。

麻千子は身構えた。動揺していたがどこかで予期していたことでもあった。これから本当の化学変化がはじまるのかもしれない。

店に入ってきた安藤教授は麻千子たちを見て、一瞬ぎょっとした顔になった。だがすぐにジェントルな笑顔を作って近づいてきた。教授のうしろには硬い表情の女子学生がいる――見覚えがある顔だから、同じ大学の子に違いない、と麻千子は思う。

「こんばんは。奇遇ですね。そちらはお母様？」

そうです、と麻千子は答えて、大学の安藤教授だと母親に教えた。母親はぴょんとソファから立ち上がり「いつも娘がお世話になって……」と挨拶《あいさつ》した。

「今夜はゆっくりお母様孝行して差し上げなさいよ」

教授は麻千子にそう言うと、女子学生を従えてカウンター席のほうへ行った。

東京の大学の先生っていうのは洒落《しゃれ》てるのねえ。母親が感心したように囁く。東京ということに幻惑されて、薄暗いバーで同じ大学の女子学生と教授とがばったり会うのもよくあることだと思っているようだった。このぶんだと、私あの教授とセックスしてるのよと打ち明けても、東京だからということであまり驚かれないのかもしれない。麻千子はそんなことを考えたりした。

麻千子はトイレに立った。少し酔いがまわってきていて、トイレを出たらカウンターに寄って教授に話しかけてやろうという気になっていた。あちらで一緒に飲みませんか。母がいろいろお話ししたいらしいんです、とか。

だが、結局それはしなかった。個室で用を済ませて洗面所に出てきたら、そこに教授の連れの女子学生がいたから。あきらかに麻千子と話すためにそこにいることがわかる顔で立っていた。

「あなた、いつから？」

強い感情がこもっているせいで奇妙に静かに聞こえる声で女子学生は言った。きっと私と同じ二年生だろうと麻千子は思う。小柄だが顔が小さくてバランスがいい体型をしている。フューシャ・ピンクの垢抜けたワンピースに包まれたウェストは、両手でつかめるくらい細い。

「いつから安藤教授と付き合ってる？」

「ゴールデンウィークの少しあとから」

麻千子は正直に答えた。正確に言えばそれは教授と最初に寝たのは、ということだが、女子学生が聞いているのはそういうことだろうと思ったから。女子学生の顔が歪《ゆが》み、怒鳴られるのかと思ったら、その目に見る見る涙が溢れてきた。

「私、好きなのよ、彼のことが」

女子学生は泣きながら訴えた。

「あなたたちみたいに、就職に有利だとかそういうので付き合ってるんじゃないのよ。彼を愛してるのよ。私、どうしたらいいの？」

感極まったように顔を覆《おお》って、声を上げて泣きはじめた。麻千子は女子学生の肩を抱いた。振り払われたが、それでも再び試みると、麻千子の胸に縋《すが》りついてひとしきり泣いた。

麻千子は女子学生と一緒に洗面所を出た。教授のそばまで女子学生を送って、「ちょっと酔っちゃったみたいで」と言ったが、彼女が今まで泣いていたことはごまかしようもなかった。教授は何でもなさそうに「ああ、ありがとう」と言った。

どうしたの。席に戻ると母親が眉《まゆ》をひそめて小声で聞いた。もう帰ろう、と麻千子は言った。

5

幼い子供の頃を除けば、これまでの人生の中で、「泣く」ということは麻千子にはあまりなかった。その辺は母親に似ているのかもしれない。

ただ一度、あの女子学生のようにわあわあ泣いたことがある。高校三年の夏、バドミントン部だった朗人の試合で。県営体育館で行われたそれは朗人にとっては引退試合でもあり、勝てばベストフォーに残れるという一戦だったが、長いラリーの末に負けたのだった。

バドミントンをしているときの朗人はとんでもなく素敵だった。背が高くて俊敏な動物のようにしなやかに痩《や》せていて、いつも真っ黒に日焼けしていた朗人。普段は大騒ぎしたり悪ふざけしたりすることもなくて、どちらかというと大人しい少年だったが、ラケットを持つと生気を吹き込まれたように活発になった。朗人目当てでバドミントン部の練習を見に来る下級生が何人かいることを麻千子は知っていたし、そういう子たちから自分が羨望《せんぼう》の目で見られていることも知っていた。

だから最初は晴れがましさや誇らしさでいっぱいだった。コートを縦横無尽に動いているあの素敵な少年が自分の恋人であることに。でも、次第にそんなことはどうでもよくなった。気がつくと麻千子は朗人だけを見ていた。ダブルスだったが、朗人のペアの少年のことも、相手の二人のこともまったく目に入らなくなった。私の朗人。その思いで体中がいっぱいになった。

朗人のスマッシュがネットに引っかかって試合が終わったとき、その思いが溢れて涙になった。負けたことが悔しかったり悲しかったりしたのではなかったと思う。あのときの涙のことを、麻千子はこの頃よく思い返す。あの涙はどこからやってきて、そしてどこへ行ったのだろうと。

「病院へ行こうと思ってるんだ」

朗人が電話をかけてきて、そう言った。

「眠れないし食欲も全然ないし外に出られない……学校にも行ってないんだ。うつ病とか、それに近い病気かもしれない。精神科に行かないとまずいかもしれない」

このところしばらく麻千子から朗人に電話していなかった。しなくちゃしなくちゃ、と思っているうちに朗人からかかってきたのだった。

　麻千子は黙って朗人の話を聞いていた。朗人が話し終わっても黙っていたので、沈黙が訪れた。答えるべき言葉はいくつも麻千子の中に浮かんでいた——「大丈夫？」とか「心配だよ」とか、あるいは「私も一緒に病院に行くよ」とか。でもそれらの言葉は麻千子のものではなくて、こういうときに誰でも便利に使えるようにどこかに常備されているもののように思えた。だとしたら私だけの言葉は何だろう？　それを考えてもわからなかったから、黙っていた。

「できたら来てほしいんだ」

　とうとう朗人のほうからそう言った。苦しげな、いかにも病人らしい声で。

「そうね、行けそうだったら……」

　ようやくそれだけ答えた麻千子の声も病人みたいに響いた。

「行けそうだったら？　それ、いつわかるの？」

　朗人の声には怒りと悲しみが滲《にじ》んでいた。

「わからない」

「わからない？　何でわからないんだよ？」

「行けるかどうかわからないのよ」

バッカヤロー、と朗人が怒鳴った。そして電話はぷつりと切れた。朗人のあんな声を聞くのははじめてだった。その声を出させたのは自分だということを麻千子は考えた。

朗人にというより、自分に対しての言い訳もあった。朗人が心の病だとは思えないのだった。でも、病気なんだと嘘を吐かずにいられないことは、ある種の病なのかもしれない、とも思えた。医者には治せない種類の病だとしても。

安藤慎二教授はこの頃学内を歩いていない。講義もずっと休講になっているそうだ。姿を消した彼のかわりのように、噂《うわさ》がキャンパスを闊歩《かっぽ》していた。教授は訴えられたのだ。ある女子学生から。教授にレイプされたと。教授の強力なコネクションも今度ばかりは事態を揉《も》み消すことはできなかったらしい——女子学生のほうにも教授に匹敵するくらいの後ろ盾があったからだとか、女子学生の側の誰かが頭を働かせて、マスコミにリークしたからだとか、幾つかの憶測もくっついていた。

あからさまに言い交わされはしなかったけれど、女子学生の学部も名前ももう周知のものとなっていた。麻千子の耳にもそれは届いた。おそらく彼女も教授同様、もう大学には来ていないだろうし、ことさら調べることもしなかったので、その女子学生がこの前バーで泣いたあの女子学生であるかどうかはたしかめようもなかった。

ただ、麻千子も教授と関係していたことがなぜか大学当局に知れていたのは、教授が明かしたせいだとは考えられなかった。何度か呼び出しを受けたので麻千子のことも噂に上った。噂の当人にとっては噂というのは意外に静かなものだと麻千子は感じた。麻千子についてのことは誰も麻千子に言わないので、逆に厚ぼったい雲に守られているような感じだった。

雲、でなければ、キャンパスの中空にぽっかりと浮かんだ小さな島に自分ひとりで乗っかっているような感じ。麻千子はふとO島のことを思い出した。

教授から電話やメールが来ることはなくなり、一度だけこちらから携帯電話にかけてみたが、その番号はもう使われていないというアナウンスが応答した。教授と会えないのは淋《さび》しかった。その気持ちが愛なのかどうかも、島の上にいるせいでよくわからなかった。

6 艶《つや》を看取《みと》った看護師、芳泉杏子《ほうせんきょうこ》（31歳）

I

飛行場まで来る必要はないと叔母から言われたが、杏子は行った。雅人《まさと》のときと同じだ。ただあのときは行ってしまう雅人を見送ったが、今度は叔母と一緒に来る人を待つためだった。終わりにしてもはじまりにしても、たしかめられるものなら自分の目でたしかめたいのだ、と杏子は思う。

夜勤明けで病院からそのまま飛行場へ来たので、待合室にずいぶん長い間座っていた。それも雅人のときと同じ——あのときは雅人が行ってしまってから、同じソファでぼんやりしていた。二階のカフェの店長がどこかから建物内に入ってきて挨拶《あいさつ》を交わしたが、そのあとたぶん煙草《たばこ》を吸うために店から降りてきて、同じ場所にまだ杏子がいるのを見て驚いた顔をした。店長はべつだんお喋《しゃべ》りな人ではなかったけれどもやはり誰かに言わずにはいられなかったのだろう、総合病院で看護師をやってる芳泉杏子は男に逃げられて魂が抜けたようになっていたという噂《うわさ》が広まって、叔母が見合いの話を持ってきたこともそこから繋《つな》がっている。

あの日杏子は悲しかった。そしてそのことを奇妙に思っていたのだった。むっつりとお互いの心の中を探り合い、でなければ思いつくかぎりのひどい言葉を使って、相手を傷つけるためだけに怒鳴り合った日々がようやく終わりになったのに、なぜ悲しいのだろう？　と。看護師の芳泉杏子は男の飛行機を見送って待合室で悲しみに暮れていた、そういう言いかたをする人がもしいたとしたら、それも間違いではないかもしれないが、悲しみに暮れるというのは悲しみを味わうことでもあるのだろう、と杏子は思った。それまでの雅人との日々にどっぷりと浸《つ》かっていた感情に比べれば、悲しみはよほどおいしかった。

到着ロビーとの間を仕切るドア――それは杏子のアパートの古い浴室のドアとよく似ている――が開き、杏子は顔を上げた。離島の小さな飛行場である。他人の家におずおずと入ってくるような顔でひとり二人とあらわれた人たちの中に、叔母のほかには見知った顔はなかった。

「叔母さん！」

立ち上がって声をかけると、叔母はぎょっとした様子だった。出迎えなんていいわよと言われてそうねと答えたままだったので、待っているとは思わなかったのだろう。

「杏子ちゃん……ご苦労様」

叔母はおかしな挨拶をしてから、ぱっと後ろを振り返った。その男は叔母からひとり置いた後ろにいたので、杏子は最初それとは気づかなかった。男のほうも何か物思いに耽《ふけ》っていた様子で、怪訝《けげん》そうに顔を上げた。叔母から事前に聞いていた男の名前は真藤一巳《しんどうかずみ》といった。

背が高い男だった。姿勢がよく、しっかりした体つきをしているがいかつくはない。半袖《はんそで》のカッターシャツは空色で、グレイのチノパンツを穿《は》き、縁のない眼鏡をかけていた。体つきと相反して全体的に女性的な感じがあるのは顔立ちのせいかもしれない。

すっかり動転した叔母は人の流れを遮って突っ立ち、二人を見比べるばかりで役に立ちそうなことをその場では何も言ってくれなかったから、杏子と真藤は叔母を挟んで、ぼんやりと互いを眺めた。

杏子は島で生まれ育った。

父親は大工をしていたが、杏子が高校に入るのを機に、島内よりももっと仕事がある東京本土へ一家は移住した。看護師になり島の病院に勤めることになった杏子だけが、結局戻ってきたのだった。

母親の妹である叔母はもともと島外の人だが、姉の嫁ぎ先の島が気に入って一家がまだ住んでいるときばかりではなくそのあとも何かと行き来していた。今は新宿に近いところでスナックを構えているのだが、ツアーのように店の客を連れてわりと頻繁に島を訪れていて、知り合いも多かった。

クアハウス内のレストランで昼食をともにすると聞いていたことが変更になっていた。飛行場の前から乗り込んだタクシーの中で杏子は叔母からそれを聞いた。あんたには飛行場から電話しようと思っていたのよ、と叔母は言い、変更した行き先はレストラン松生《まつお》だと明かして杏子を二度びっくりさせた。

「だって、松生さんは今……」

「知ってる、だーいじょうぶだいじょうぶ、松生さんとちゃーんと相談したんだから」

叔母は杏子を遮って真っ赤な口紅を塗った唇を活発に動かした。タクシーの後部座席に杏子は叔母と並んで座り、真藤は助手席にいた。振り向かないので彼の表情はわからない。

「今日だけ開けてくれるって。あんたたちのために。食事もちゃーんと用意しますって。貸し切りでね。クアハウスなんかよりそっちのほうがいいでしょう」

「クアハウスでもよかったのに」

「あんなとこ。知ってる顔がわさわさいるじゃないの。べつに悪いことしてるわけじゃないけど、面倒でしょう、あとあと。それに真藤さんとよく話してみたらね、このひと口が肥えてるんだわよ。クアハウスの料理なんか食べさせられないわよ。ね？」

ありがとうございます、と真藤が振り向かずに言った。何の答えにもなっていないが、うまい答えだと杏子は思った。少なくとも、叔母のお喋りを封じる効果はある。

そのとき車は雑木林の横を走っていた。林の奥のレストラン松生に通じる小径《こみち》が次の角を曲がれば見えてくるというときになって、

「杏子ちゃん、いちど自分ちに戻る？」

と叔母は言い出した。

「あんた、時間がなくって、病院から自分ちに戻って着替えるひまもなかったんでしょう」

本当にそうしろと言っているのではなくて、ジーンズに素っ気ない白いシャツという杏子の出で立《い》ちを叔母は責め、あるいは真藤に対して言い訳しているのだ。それがわかったから杏子は「え？」と言ったきり黙っていた。すると真藤がくるりと振り向いて、

「そのままで何の問題もないですよ。とても素敵です」

と言った。目が合ったのは一瞬のことだったが、それは杏子には、真藤とはじめて会ったという印象になった。

レストラン松生の玄関は引き戸が開け放たれていたが、それは店が開いている目印というより営業していない徴《しるし》のように見えた。ごめんくださあい、と叔母が気取った声を放ってからしばらく待ったあとに松生が廊下の向こうにひょいとあらわれた。その年頃の男性にしては長めだった白髪を思いきり短く刈り込んだのは最近のことだと知っていたが、年寄り臭い地味な私服にちぐはぐな花柄のエプロン、という格好はいつものことなのかわからない。杏子はこれまでこの店に来たことはなかった。

口がきけない人のようにほとんど手振りだけで松生は一同を玄関のすぐ横の部屋へ促した。隣の部屋も向かいの部屋も襖《ふすま》が開け放たれていて、がらくたにしか見えないもので溢《あふ》れている様があらわになっていた。通された部屋の襖だけが閉ざされていて、

開けると——杏子も叔母も何となく手を出せずにいて、開けたのは真藤だった——そこはいかにもその場しのぎに片付けたという感じの八畳間で、安っぽい座卓と座椅子《ざいす》の席が設《しつら》えられていた。締め切っていたせいかエアコンだけが寒いほど利《き》いていた。

上座に真藤、その向かいに杏子と叔母が並ぶかたちで席に着いたが、充分な時間が経《た》ってもお茶ひとつ運ばれてこなかった。さっき誰も開けようとしなかった襖を仕方なしに開けたときと同じような感じで、

「ここはさっきの方がひとりでなさってるんですか」

と真藤が聞いた。

「本土で板前さんをやってたひとなのよ」

叔母は見当違いのことを答えた。

「奥さんが今入院されてるから……」

杏子は言った。決まっていた店をキャンセルしてまでわざわざここへ来たことで、叔母を責めたい気持ちになっていた。真藤にも、松生にも、悪いことをしているように思えた。

「艶さんはどうせ元気なときだって店なんか手伝ってなかったんだから」

叔母が鼻息荒くそう言い返したとき襖が開いて、重箱を三つ危なっかしく重ねた盆

を携えて松生がよろよろと入ってきた。

辛みが強い青い唐辛子を漬け込んだ醬油《しょうゆ》を島ではよく使う。

その醬油に白身の魚を漬けたものは観光ガイドなどにも盛んに紹介される名物で、重箱に詰めたごはんの上に乗っていたのもそれだった。

蓋《ふた》を開けたときぷんと一瞬鼻につくような気がした。だが何も言わずに食べた。叔母はその郷土料理についてのうんちくを開陳しながら、大げさなほどおいしいおいしいと繰り返していたし、真藤は幾分機械的な食べかたながら着々と箸《はし》を運んでいた。

今日になっても体はどうもないから、やはり気のせいだったのだろうと杏子は思う。古くなっていたとしたら魚ではなく醬油だったのかもしれない。そう考えると、あの家の隅々に雪のように降り積もったごみとがらくたの間から、滴《したた》った醬油と埃《ほこり》とが混じった膠《にかわ》のようなものにまみれた唐辛子醬油の瓶をのろのろと引っ張り出している松生の姿が目に浮かぶような気がした。

でもあの匂《にお》いはこの部屋の匂いにも似ていた気がする。

杏子はふとそう思い、その思いつきがはっきりしたかたちにならないうちに、急いで、

「昨日、お宅で食事したのよ」

　とベッドに横たわる女に言った。返事の代わりのように艶は脇《わき》の下から体温計を抜き取って差し出す。体温は三十六度二分だった。平熱だがこの患者が陥っている段階ではそのことの意味はもうほとんどない。

「お見合いしたのよ、私」

　杏子はそう続けた。艶の反応を引き出したかったのだが、それは彼女のためではなく自分のためのようだった。

　艶は頭頂部を支点に体を捻《ねじ》るようにして杏子を見上げた。衰えて顔が痩《や》せこけているせいもあり白目の面積がぐっと広がって目を剝《む》いたような顔になり、それでもなおどこかに美しさが残っていた。

「昼？　夜？」

　と艶は聞いた。昼よと杏子は答えた。

「ああ、だからあのひといなかったのね」

　杏子は頷《うなず》いた。少し待ってみたが見合いのことを艶がそれ以上聞く気配はなかった。さっきと同じように大儀そうに体を捻って天井のほうを向いてしまった。

　病室は二人部屋だったが、艶が一人で使っていた。新しい入院患者はできるかぎりこの部屋に入れないようにするだろう。それは艶が発散している匂いのせいともいえたし、もっと実際的な理由として、可能なかぎり艶に付き添おうとしている松生への暗黙の配慮――面会時間にかかわらずいるし、ときどきは泊まり込みさえしていることも黙認されている――もあるだろう。

艶が発しているのは死んでいく人の匂いだった。看護師であれば杏子にかぎらずその匂いのことは知っているものだけれど、艶は約ひと月前、自分の足で歩いてこの病室へ来たときからすでにそれを醸《かも》していた。

たぶん病名を告げられたそのときから――ひょっとしたら体に異変を感じたときからそうだったのかもしれない、と杏子は考える。艶と松生のこと、艶がどんな女であるかは、彼女が病気になる前から杏子の耳にも届いていた。軽々と欲望に従う女、というのが、だから艶に対する最初の印象だったが、軽々と欲望に従う人間は、死ぬことにも軽々と従うのではないか。艶のような女にとっては、それはどちらも結局同じことなのではないか。

艶のような女。杏子は自分が今でははっきりとそう考えていることに少し驚く。毎日少しずつ軽々と死んでいこうとしている女、という印象はあまりにも確固としたもので、だからその印象が以前に耳にした艶にまつわる噂を補強するようでもある。

もっとも艶が着々と死んでいくことにかんしては、医者たちや杏子自身でさえすでに受け入れざるをえないことであり、その事実にひとり抗《あらが》っているのは松生だけだった。松生は艶にもっと食べさせようとし、「もういいの」と言わせまいとし、そのことでいつも艶と諍《いさか》いをしていた——まるで艶が、彼女を捉《とら》えている死そのものであるかのように。

点滴液の残量をチェックしてベッドから離れようとしたとき、意外なほど強い力で艶は杏子の白衣の裾《すそ》を引っ張って、

「おいしかった?」

と聞いた。杏子は一瞬意味もなくどきっとしてから、それがレストラン松生の料理のことだと気づいて、「ええ」と答えた。微笑《ほほえ》もうと思ったがうまくできず、艶のほうが皮肉っぽい笑いを浮かべた。

病室を出ようとしたとき、戸口で松生と鉢合わせした。一度病室へ来てから、何か用事があって外に出ていたのだろう。手に提げたスーパーの袋の中身はきっと艶に無理矢理食べさせるための果物か何かだろう。

松生は伏し目で小さく会釈《えしゃく》をして杏子の横を通り過ぎた。もともと艶以外の人間にはほとんど関心を示さない男だったが、昨日彼の店にいったせいでなぜかいっそうの

隔たりが生まれたような感じだった。

2

電話口から、叔母の上機嫌な声が聞こえてくる。

見合いが上々の首尾だったからだ。真藤一巳から、芳泉杏子さんとあらためてまた会いたいという申し入れがあり、本当なら嬉《うれ》しいわと杏子が答えたから。

「今夜にでも電話するって、携帯に。あれから一度くらいかかってきた？」

レストラン松生で食事したあと、真藤と杏子はすでに携帯電話の番号を交換し合っていた。

「まだよ」

「まだ？　そう？　そこらへんはちゃんと筋を通してるのね。こないだの様子だと、もうあたしが世話焼くこともないんじゃないかしらくらいに思ってたけど」

叔母はからから笑い声を立てた。

「とにかく電話して、あんたの次の休みに合わせてまた島に行くって」

「島に？　それは悪いわ。今度は私が行くわよ」

「そんなことは彼に言いなさい、二人でいくらでも相談しなさいよ。真藤さんは島が好きなんですって。すごく気に入ったって。それにほら、あのひとの仕事にも役に立つんじゃないの」

真藤一巳はフリーランスの編集者で、主に旅関係の雑誌や本を作っているという話だった。だから島へ来ることが仕事にもなるというのは叔母の勝手な解釈に違いないが、それでも彼が東京本土ではなくて島でデートしたがっているのは本当なのだろうという気がした。

「今夜は夜勤だから電話に出られない時間のほうが多いわ」

何かもう少し叔母に言わなければならない、という気持ちがあって、べつに言わなくてもいいことを杏子は言った。叔母の溜息《ためいき》が聞こえてくる。

「それなら都合のいい時間に自分のほうからかけてみればいいじゃないの。積極的になって悪い理由はもうないでしょ」

杏子が住んでいるのはアパートの一階で、電話をかけているリビングは狭い中庭に面していた。同じ敷地内に住んでいる大家さんの好意で、各部屋の前をそれぞれの住人が野菜を植えたり花を咲かせたりして思い思いに使っている。ほとんど放ったらかしにしているのは杏子くらいなものだった。

生い茂った雑草の中から蔓《つる》が伸びて、ところどころに長細い白い花をつけている。叔母と喋《しゃべ》っている間中ずっとそれを見ていたことに、電話を切ってからあらためて気がついた。植えた覚えもなく何という草花なのかも知らない。だがたしかに覚えがある気配がそこにあり、きっと去年も咲いたのだろうと思える。そしてその気配は花そのものというより、去年花が咲いていたときはまだこの部屋にいた雅人のものなのだった。

雅人とは約四年間暮らした。杏子が二十六歳のときに出会って、二十七歳から三十一歳になるまで。四年間もということもできるし、四年間しかということもできる。そんなふうなあやふやな感覚は暮らしている最中にもあって、その曖昧《あいまい》さの中で——あるいは曖昧さに紛れて——雅人のことを少しずつ愛せなくなっていった。

愛せなくなったのは愛されなくなったからだろうか？　杏子は度々そのことを考えた。だが、わからない、いまだに。わかるのはただ、それが起こった、ということだけだ。あんなに好きだったひとなのに。

そして杏子は不思議になる。失ったものなのに、それがまだちゃんとそこにあることが。それは傷ではなくてへこみのようなものだった。もし触れることができたなら滑らかな手触りを感じるだろう。遠くにあるすべすべしたへこみ。

実際触れているように指先にその感触をたしかめながら、杏子は携帯電話を操作して、真藤一巳に電話をかけた。

3

真藤一巳は低く笑う。それは弦楽器のいちばん低い音のように響く。真藤一巳は「そうだねえ」と言う。相槌《あいづち》を打つとき、やさしげな口調で、その話をちゃんと聞いているということを、相手にも自分にもたしかめるといったふうに。だから杏子は真藤と話しているとき、しばしば自分が小さな娘に戻って父親といるような気分になる。

見合いをしてから一度目のデートで、杏子は真藤についてもうそれだけのことを覚えた。

二人はクアハウスのレストランで昼食を一緒に食べた。平日だから「知ってる顔がわさわさいる」と叔母が言うほどの人気《ひとけ》もなかった。杏子はオムライスを、真藤は唐辛子醤油に漬けた刺身の定食を注文した。「それ、気に入ったのね」と杏子が言った意味が真藤にはよくわからないようだった。この前もそれだったでしょ。杏子は言った。ああ……と真藤は曖昧な返事をした。杏子は少し困って「旅行の本を作るひとだから、土地のものを食べるようにしてるの？」と聞いた。そうだねえ、と真藤は言った。

それから少し間があって「いや……」と真藤は言った。低く笑った。じつは、最初の日に食べたものについては、あまり印象がないんだ。やっぱり緊張してたんだな。それに……。

それに？　と杏子は先を促した。それに、料理よりもあの店の雰囲気や店の男のほうが印象深かった。真藤はそう言ってまた笑った。それで杏子も笑った。あの上の空な感じはちょっとすごかったなあ。真藤は言い、そうしたら杏子は、あのひとの奥さんは今うちの病院にいるのよ、とつい明かしてしまった。

そうだったんだね。真藤はちょっと驚いた様子だったが、杏子がその先を続けなかったので、あまり聞かないほうがいい話なのだろうと判断したようだった。それにみそのさんも料理より強烈だった、と話題を変えた。みそのさんというのは叔母のことだ。叔母のような女についてどういう印象を持っているかをお互いに少しずつ打ち明け合うのは愉《たの》しかった。

真藤は仕事上の知り合いに連れられて叔母の店へ行き、その夜のうちに杏子と見合いすることが決まったらしい。その場の全員がひどく酔っぱらっていたからね、中では僕がいちばんまともだったとは思うんだけど……。酒席での無責任な見合い話を面白がって受け入れて、酔いが醒《さ》めたあとでもなかったことにしたりはせずに飛行機に乗って島まで来てしまうというのは、このひとの性質だろう、と杏子は思った。正直に言えば興味があったのはみそのさんの姪《めい》だっていう女性よりも島のほうだったんだけどね。真藤は笑い、俯《うつむ》き、来てよかったよ、みそのさんに感謝してるよ、と囁《ささや》いた。

真藤は正午前に着く飛行機に乗ってやってきて、午後四時前の便で帰っていった。飛行機に乗っている時間は三十分足らずだけれど、飛行機代からすると短すぎる滞在だ。夕方から仕事があるんだ、働かないと次に来るときの飛行機代も払えないからね。真藤は冗談交じりにそう言ったが、実際のところ初回のその慌《あわ》ただしい滞在は彼なりの筋道でもあるのだろうと杏子は考える。それが証拠に次のデートの滞在はもっと長かった。三回目のデートで二人はキスをして、真藤は飛行場のそばのビジネスホテルに泊まり翌日帰る前にもう一度慌ただしく会ってまたキスをした。そして四度目に来たときは、真藤は一泊二日の滞在時間のほとんどを杏子の部屋で過ごすことになったのだった。

「艶はどう」

杏子はその朝も聞かれる。聞いたのは糖尿病の老女だった。

杏子は黙って微笑する。ほかの入院患者の容態について看護師が言い触らせる筈《はず》もない。その道理がわかっているひとでも「艶のことはべつ」と決めているような空気がある。

「松生さん、毎日来てんの」

老女は質問を変える。杏子は再びさっきと同じ表情を返したが、老女は勝手に納得して、「あーあー」と呆《あき》れたような声を上げた。

「そのうちあのひとも病気になるよ」

杏子は血圧計のカフを老女の腕に巻きつけた。白くてふにゃふにゃした脂身《あぶらみ》だけでできあがっているようなその腕は、どことなく卑猥《ひわい》な感じがする。ポンプを押してカフを締めつける。

「病気になるのは松生さんが先だと思ってたけど、艶だったねえ」

杏子は無視した。

「神様ってちゃんといるのかもしれない。神様っていうか、天秤《てんびん》を動かす何かがね、ちゃんと」

「九十五の百四十二」

血圧の数値を杏子は告げた。あら高いわね。老女は言う。入院すると上がるんだよね。薄味のものばかり食べさせられてストレスがたまるんだね、きっと。

家庭用の血圧計は低く出るのよ。以前にも教えたことを杏子は言ったが今度は老女が聞こえないふりをした。

「艶がいなくなったら、松生さんどうなっちゃうのかね」

「そんなこと言ったらだめよ」

「艶がいなければ、あのひと案外いい男なんだと思うんだけどね」

杏子はとうとう老女を睨《にら》んだけれど相手は怯《ひる》まなかった。

「だけど艶が死んだらあのひともおかしくなっちゃうかもね」

老女は矛盾することを言った。


松生と艶は「噂《うわさ》」だった。

二人そのものよりも、二人の噂のほうがよほどくっきりとみんなに知られていた。

美しいけれどもいかにも危うい感じの中年女艶と、その女の尻《しり》を文字通りいつでも追いかけている男松生——実物の二人のどちらか、あるいは二人一緒にいるところでもいいが、はじめて見たのはいつだったか、杏子にしてもさっぱり思い出せない。気がつくと二人のことを知っていた。二人を見るとき、見えていたのは噂であり噂する声だった。妻も子もいる松生を奪って島へ連れてきた艶。だが島にも松生にも早々に飽きた艶。港のスナックの若い男にくるってストーカーしていた艶。そうでないときは松生の金を引き出しから無雑作に摑《つか》み取って東京本土へ男を漁《あさ》りに出かけていた艶。

　そんな女のために老舗《しにせ》料亭を辞め妻子を捨てほかのいろいろなものも全部捨てて島へ来た松生。宿泊もできるレストランはまずまずうまくいきかけていたのに、艶にかまけている時間が多すぎて客もチャンスも失ってしまった松生。夜中にこっそり出ていく艶を見張るという目的のためだけに強壮剤を飲んでいる松生。慢性的な不眠症の松生。艶という女にはもうほとほとうんざりしているのに、艶の体や艶の信じられないような床技のために艶から離れられない松生。艶の病気がわかったとき、インターネットで見つけた祈禱師《きとうし》を呼び寄せた松生（でも、願ったのが艶の快復だったとはかぎらない）。

　艶が入院することになり、そのうえ自分の担当患者になったことは、だから杏子には奇妙な感じだった。艶の生身の体に触れ、体温を知り息の匂《にお》いを嗅《か》ぎとり、松生とも直接言葉を交わす機会を得たのに、そのことで実体と噂とはいっそうかけ離れて、目の前の二人を紙人形みたいに感じた。

でもときどき、そのぺらりとした紙がふっと本物の肉体の厚みを持つように思える瞬間もあった。そんなとき杏子はぎょっとし、なぜか身震いしそうに恐《こわ》くなった。

洗面所で櫛《くし》を見つけたときもそうだった。内科病棟五階の艶の病室に近いほうの洗面所の、いちばん端の洗面台のカランのうしろにそれははまり込んでいて、一度は通り過ぎたのに杏子はそこへ戻ったのだ。もちろん櫛に名前が書いてあったわけでもないし、その櫛が艶の髪に差してあるところを見たわけでもない。ただ自分を引き止めたほどのその櫛の生々しい感じに「艶だ」と思わせられたのだった。

何の根拠もないのにそれは確信なのだった。鳥居みたいな朱色で歯の上に小花模様をあしらった櫛。田舎の土産物屋でそれを大層に包んでもらっている松生の姿や、うらはらにほとんど何の思い入れも込めずにそれをただ便利に使っている艶のぞんざいな手つきなどまでが浮かんできた。杏子はその櫛を取って白衣のポケットに収めた。次に艶の病室へ行ったら彼女に渡そう、と思った筈だったが、結局それはそのままいつまでも杏子の手元にあった。

雅人から最初にもらった贈り物は、小さなハンドバッグだった。

昔ふうのデザインを摸したイブニングバッグ。ビーズがたくさんついていてきらきらしていた。あまり上等なものではないことはわかったし、そんなバッグをいつ持てばいいのかはわからなかったが、嬉《うれ》しかった。

雅人はインターネットのオークションサイトでそのバッグを見つけたのだ。彼の仕事はネットで商品を仕入れてネットで売り捌《さば》くことだった。安く仕入れて高く転売する。付加価値をつけるために頭を使うところが面白いんだと言っていた。

二十六歳の夏、休日に看護師の友だちと海へ泳ぎに行ったとき、東京本土から来た雅人たちのグループと出会った。有《あ》り体《てい》に言うならナンパされたのだ。彼らの旅程の最後の日に居酒屋から二人だけで抜け出して、そのまま杏子の部屋へ行った。

はじめは真藤と同じく、東京から雅人が訪ねてくる――真藤ほどお金を持っていなかったから、飛行機ではなく船で――という付き合いだったが、ノートパソコンを携えてくるようになってからは滞在が次第に長くなり、そうするうちに自然に一緒に住むようになった。

ひとり暮らしにはじゅうぶんな広さだった2Kは、雅人の荷物が運び込まれて狭苦しくなった。そのうえ雅人が仕入れた商品が週に一度の割合で段ボール箱三つぶんも四つぶんも届くから、倉庫の中に住んでいるような有様になった。

でも、そういうことも、最初は面白かったのだ、と杏子は思う。がまんできなくなったのはいつからだろう、と考える。積み重なった段ボールと紛《まが》い物《もの》のスポーツウェアが入ったビニール袋の隙間《すきま》でセックスすることだってはじめは二人の間だけの笑い話だったたし、その状況に欲情することさえあったのに——段ボールの埃《ほこり》っぽい臭《にお》いやビニール袋が肌に張りつく感触に到底がまんできなくなったのはいつだろう？　雅人に仕入れのお金を貸すことだってはじめは何とも思わなかった。お金を無心するから彼をきらいになったのではなくて、彼を愛せなくなったから、貸したお金がいっこうに返ってこないこと、それなのにあいかわらず毎週商品が詰まった段ボール箱がいくつも届くこと、その商品がどれも粗悪な紛い物にしか見えないことが気になるようになったのだと思う。それはいつからのことだったのだろう？　ハンドバッグをもらったときのことのように、どうしてはっきり思い出せないのだろう？

目を開けるとドレッサーの上のパソコンが見える。

それは真藤が持ってきたものだが、同じノート型でも雅人のものよりもずっと小さくて、畳むと手帳ほどの大きさしかない。

もしかしたらパソコンと呼ぶようなものではないのかもしれない。でもとにかく、真藤はこの機械でメールを送ったり原稿を書いたりしている。ある夜杏子が目を覚ましたら、真藤はベッドを抜け出していて、モニターの灯りだけでキーボードを叩《たた》いていた。少し打っては考え、また少し打っては顔を上げる。杏子はしばらく眺めていた。何度目かに打ちやめた真藤が、ふっと振り向き、杏子が目覚めているのを知って微笑《ほほえ》んだ。杏子は間もなく再び眠りに落ちたが、小さすぎて聞こえるはずのないキーボードの音を、まどろみの中で子守歌のようにずっと聞いていた。

「行くの？」

ベッドを出ようとすると、真藤の手が腰に巻きつく。午後三時過ぎだった。真藤は前日から来ていた。夜勤から戻ってきて次の出勤時間までを一歩も外に出ず、抱き合ったり眠ったりして過ごしていた。

「携帯が全然通じないってみそのさんが怒ってる」

二人で笑う。真藤もこの頃は東京本土の自分のマンションより島にいるときのほうが多い。ここは竜宮城みたいだなとこの前言ったが、同じことを雅人も言ったものだった。

「すごい空だな」

青黒い雲が空に垂れ込めて、夜のように暗かった。傘を持って行けよと言われて頷《うなず》いたが、結局手ぶらのまま部屋を出て杏子は駆けた。病院までは歩いて十分とかからない。天気は持つだろうと思ったし、駆けたい気分でもあった。大通りに出たところで大粒の雨がバタバタと音をたてて落ちてきた。

雨は見る間に勢いを増して水のカーテンさながらになった。病院まではあとちょうど半分ほどの距離だった。もう駆ける気もなくなってびしょ濡《ぬ》れになるままに歩いていると、うしろから追いついてきた人に傘を差し掛けられた。それが松生だとわかって杏子はおかしなくらい動揺する。

「降られちゃって」

言わずもがなのことを杏子は言った。松生は小さく頷いただけで何も言わない。知り合いが濡れていたので機械的に傘に入れたが、それ以上はどうしようもないというふうだった。

雨が強すぎて傘はほとんど役に立っていなかった。そのうえ二人は不自然に距離を取って並んでいたので、それぞれ半身がすっかり傘の外に出ていた。互いに相手の歩調を量りながら歩いていて、いつまで経《た》っても病院につかない気がした。

「これからですか」

沈黙に堪えられなくなって杏子はそう言ってみた。これから病院へ行くんですか、

ていたのだと思っていたが、何かをしたのだと

という意味だったが、松生が目を剝《む》いてぱっと振り向いたので、何か意味を取り違えているのだとわかった。

「介護ベッドを借りる手続きをしに行ってたんです」

杏子が言い直す前に松生は言った。ああ。杏子は慌《あわ》てて頷く。

「何枚も書類を書かされて、その挙句搬入できない場合があるから、自宅の戸口の寸法を計ってこいって言う。こっちの事情も全部説明してるんですよ。婚礼家具を買いに来てるわけじゃないことはわかってるだろうに」

松生の口ぶりは静かで平坦で、だから彼が喋《しゃべ》り終わるまで、それが怒りの表明だということがわからなかった。だがひとたびわかってみると、その怒りの激しさが雨の向こうから杏子の体に染《し》みこんでくるようだった。そうしてその怒りは介護ベッドを貸し出す役所の窓口にではなくて、転げ落ちるようにいろいろなことができなくなっていく艶に向けられているのだろうと杏子は思う。

「艶さんが家に帰りたがっているんですか」

二人は病院のエントランスに差し掛かっていた。モザイク模様の敷石の上を雨が薄い膜のように流れ落ちていく。

「ええ、そうです」

と松生は即答した。でも、それは嘘《うそ》だった。杏子はそのことを知っていた。なぜなら艶はもうだいぶ前から、痛み止めのためにモルヒネを使っていて、意識がほとんどなかったから。

4

結局、艶は自宅に戻らなかった。

それから数日後、介護ベッドを借りる手続きが完了しないうちに亡《な》くなったから。

そのうえその瞬間に松生はいなかった。持ってあと一週間、という期限を医者が告げ、個室に移った頃から松生は以前より病室にいることが少なくなっていた。介護ベッドの手配だけをしていたわけではないだろう。やはり噂があった。松生は艶と関係した男たち全員に連絡を取ろうとしているのだという。何のためにそんなことをするのか誰もわからないまま、その噂には、松生が復讐《ふくしゅう》してまわっているかのようなニュアンスがあった。杏子自身もそういう印象を抱いたが、復讐のために松生が艶の最期《さいご》に立ち会えなかったことをどう考えていいのかわからなかった。

艶が亡くなったのは真昼だった。雨続きの中でその日だけがぽっかりと晴れていた。

そのとき杏子はナースステーションにいて、同僚に呼ばれた。彼女が近づいてくるときの足音を殺すような歩きかたで何が起きようとしているかがわかった。

松生さんは？　とその看護師は杏子に聞いた。病室にいないの？　と杏子は答えた――いないだろうということはわかっていたのだが。じゃあ探さなくちゃ。そう言って杏子はその看護師の横をすり抜けたが、向かったのは艶の病室だった。本当なら杏子が松生を探しに行くべきだったし、呼びに来た看護師もそのつもりだったに違いないのだ。それがわかっていて杏子はその役目を同僚に押しつけてしまった。

艶を看取《みと》りたいという、自分でも呆《あき》れるほど強い衝動があった。それをしなければならない松生がいなかったからせめて自分が、という気持ちだったのだろうか。いやそうではない、とあとになって杏子ははっきりと認めた。ただ艶の終わりを目撃したかったのだ。

病室にはすでに医師が来ていて艶と繋《つな》がれたモニターを見守っていた。人工呼吸器は外されていて艶のひからびて縮んだ唇があらわになっていた。何日か前に、水に浸した脱脂綿を松生がそこに押しつけているところを見たことがあった。ストローの紙の袋を縮めてそこに水滴を垂らしたときみたいに、そのとき艶の唇は突然動き出して脱脂綿の水を吸いはじめたのだが、それは艶の生命力の発露ではなくてむしろ衰退を思わせたものだった。

ヒューという音が洩《も》れるような呼吸ももうすっかり弱まって音が出なくなっていた。固く止まった空気を揺るがすように松生を呼び出す院内放送が入った。内科に入院中の松生艶さんのご家族の方、至急病室にお戻りください……。放送が終わるのとほとんど同時に艶は呼吸しなくなった。医師が艶の手首に触れた。

艶の死亡時刻は午後二時五十四分で、松生が戻ってきたのは三時過ぎだった。松生さん、どこ行ってたの！ 松生を見つけられぬまま病室に来ていた先程の看護師が声を上げ、それが涙声であることに杏子は気づいたけれど、その驚きよりも、自分に涙が出ないことのほうが意外だった。受け持ちの患者が逝《い》ってしまうときにはいつも、それがどんな患者であったとしても、混じりけのない、原始的といっていいような悲しみに見舞われるものなのに。

看護師の涙声とちょうど釣り合うくらいの沈痛さで医師が「残念ですが……」と死亡時間を告げた。松生はすうっと、ほとんど手足の動きを感じさせない歩きかたでベッドに近づいてきた。杏子はそこでもほとんど浅ましいほどの心の求めに従って、松生の反応を見守った。松生は嘆きも叫びもしなかった。艶に触れることすらしなくて、ただじいっと艶を見下ろしていた。死んでしまったことがこれまでの最大の裏切りだというように——あるいは、目の前に横たわっているものが何なのか最早《もはや》わからなくなってしまった、というふうに。

杏子に電話をかけてきたとき、叔母はすでに艶が亡くなったことを知っていた。

そのうえそれを真藤から聞いたと言うので杏子はびっくりした。

東京本土へ戻ったとき真藤が叔母の店へも顔を出していることは知っていた。叔母のほうから真藤に電話することもあるのだろうと予想できる。ただ杏子は真藤に艶の死のことは伝えていなかった。艶のことだから伝えなかったのではなく、仕事上かかわった生死についてはいつでも院外でみだりに口にしないようにしているからだ。真藤がそれを知るとすれば噂《うわさ》からしかないだろう、だが噂が自然に耳に入るほど彼が島に馴染《なじ》んでいるとも杏子には思えなかった。だとすれば、真藤は艶のことを知ろうとして知ったことになる。

「私、仕事のことは彼に何も言わないのに」

杏子はそう言ったが口調も言葉遣いもあまりに曖昧《あいまい》すぎたのかもしれなかった。

「真藤さんと結婚したら、あんた、仕事はどうするつもり？」

というのが叔母の答えだった。

「そんな話、まだ出てないわ」

「出てなくたって察せられるでしょ」

叔母はぴしゃりと言った。

「真藤さんはやっぱりこっちで暮らしたいみたい。そりゃそうよね、フリーだっていっても、出版社だってものを書くひとだってたいていこっちにいるんだから。あんたが仕事を続けることは反対じゃないけど、真藤さんと暮らすなら今の病院は辞めなきゃね」

「それ、彼が言ったの？」

「だからはっきりそうと言わなくたって、わかるものでしょ、こういうことは」

叔母の性質や話術については杏子はまだ把握しきれていないところがあって、だから叔母の言うことをどう受け取っていいのかよくわからなかった。ただ真藤は、自分が言いたいことを叔母の口を借りて言うような男ではないと思える。だが叔母は毎夜酔客の相手をしながら培《つちか》った洞察力で、真藤の本当を言い当てているのかもしれない。

「松生さんはどうしてる？」

杏子の返答にはまるで頓着《とんじゃく》せずに、叔母は今度はそう言った。

「知らないわ、もう病院には来ないもの」

杏子は答えた。

「艶がいなくなったから、あのひとも島を出て行くんだろうね」

叔母は言い、

「どうせたいした料理も出さない店だったけどね」

と平気で言った。


あいかわらずぐずついた天気だが、いいかげん洗濯しないとどうにもならない。カゴに溜《た》まった洗濯物を抱え上げたとき、何かが床に落ちカチリと小さな音をたてた。いつか病棟の洗面所で見つけた赤い櫛《くし》だった。花模様を型押しした薄黄色のクッションフロアの上で、それは動物の足跡みたいに見えた。病院で白衣から私服に着替えたとき、ポケットからポケットへと移し替えていた。そういう作業をきちんとしたくせに忘れたふりをしていた。

杏子は困惑しながら櫛を拾い上げた。こんなものをどうして持ってきてしまったのか。実際のところ、これが艶のものであると決める理由などひとつもなかったのに。だが私は決めてしまった、そのことによってこれは艶の櫛以外のものになり得なくなってしまった。そうして艶の櫛を、私はどうしていいかわからない。

杏子は結局その櫛を今身につけているジーンズのポケットに入れた。これからずっとこの櫛はひっそり服のポケットからポケットへと移されて私のそばにあるのかもしれない、と思った。自分がそれをわざわざ拾って自分のものにした理由を、杏子はあらためて考えた。わからない。わからないが、それはお守りのようでもあり、逆に呪《のろ》いのようでもあった。

「杏子」

洗濯機をまわして居間に戻ると、真藤が呼んだ。ああ、またはじめてだと杏子は思う。しばらく前から、セックスのときにそう呼びかけられていた。だがそうでないときに名前を呼び捨てにされるのははじめてだ。真藤にとっては無意識なことだろうか。それとも無意識のふりをしているのだろうか？

「今日、病院まで送っていくよ。その足で飛行場へ行くから」

「そう？」

杏子は微笑《ほほえ》む。真藤は今、いつものように折りたたみのローテーブルの上で彼の小さな機械と向き合っていて、女のようにしどけなく横座りして杏子を見上げている。自分のほうへ来てほしいと思っていることがわかったが杏子は何となく動かずにいた。

「でも今日は私、出勤の前に寄るところがあるのよ」

すらりと口から出た。

「どこ？　一緒に行くよ」

「レストラン松生」

「レストラン松生……」

真藤はその名称をじっくりと味わっているような顔をした。

「焼香に？」

そうではないような気がしたが「そう」と杏子は答えた。

「お通夜《つや》にも告別式にも行けなかったから」

「そうか」

真藤は立ち上がり近づいてきた。杏子の腰に両手をまわし囲い込むようにする。

「次は一緒に東京に来てほしいんだ。会わせたいひとがいろいろいるし……うちの家族にも……」

「もちろん、行くわ」

杏子は少し茶化した口調で答えた。

「結婚したいんだ」

杏子は真藤のまじめくさった顔を見た。それから真藤の胸に顔を埋め「うれしい」

と囁《ささや》いた。その気持ちは本当であると思った。

そうして、杏子が松生の家へ行くと告げた、そのタイミングで求婚されたことには意味があるのだろうかと考えた。もし意味があるとしたら、それこそが真藤と結婚するいちばんの理由になるのかもしれないと。

7　艶《つや》の最後の夫、松生《まつお》春二（49歳）

I

仕出し弁当のことを中学校へ断りに行った日、澱《よど》んだ水が流れない川で、松生はその少年を見た。

海からの水が流れ込み泥と混じり合っている浅い水の溜《た》まりだった。投棄されたごみの縁に少年は立って、たぶんそのごみの中から見つけだしたのであろう釣《つ》り竿《ざお》で、泥の中を掻《か》きまわしていた。

小柄な、痩《や》せた少年で、褪《あ》せたような色の髪の毛がくるくる巻きながら白い顔を縁取っていた。ぶかぶかの学生ズボンと水色のシャツを着ていたので、中学生だということがわかった。

何をしているんだろう、と松生はちらりと考えた。遊びか、悪さか、いずれにしても取るに足らないことだろうとは思ったが、その年頃の男の子が仲間も連れずひとりきりで何かに熱中しているのはめずらしかった。

川を見下ろす土手の上を松生は自転車で走っていた。自転車を停めるほどのこともなく、中学校へ着いたときには少年のことは忘れていた。思い出したのは帰り道だった。さっきの場所に少年はもういなかったが、黒い泥水の真ん中に、白いスポーツシューズの片方が水鳥のように浮かんでいたのだ。

もちろん、少年が溺《おぼ》れたなどとは考えなかった——身を投げたとしても泥まみれになるのが関の山の、浅い川であるのはわかっていたから。ただ、少年はあの運動靴をどうしようとしていたのだろうかと、松生は考えたのだった。

行きがけには見えなかったが、少年が操っていた竿の先にはあの運動靴があったのだろう。少年はあれを、手元に引き寄せようとしていたのか、それとも深く沈めようとしていたのか。その答えは、運動靴が誰のものかということにもかかわってくるだろうし、少年の性質によっても違ってくるだろう。

あの少年は誰だったのか。

結局のところ、松生が考えはじめたのはそのことだった。

「レストラン松生」に戻ると、家の中から艶が出てくるところだった。紫色の小花模様のワンピースに、白いカーディガンを羽織っていて、それは艶のよそゆきの組み合わせであることを松生は知っていたが、この頃は痩せかたがひどいので、何を着ていても寝間着みたいに見えた。

そこで自分を待つつもりなのかと思っていたら、そのまま道路のほうへすーっと歩き出したので、松生は慌《あわ》ててペダルを踏み込んだ。松生の姿を目にしても艶は歩き続け、おい何やってんだ、と強い声をかけるとようやく足を止めて迷惑そうに見た。

「仕度は？」

「いらない」

艶は答えた。つまり、してない、ということだ。松生が中学校へ行っている間に、鞄《かばん》に詰めておくように言っておいたのに。

「いらないことないだろう、歯ブラシとか湯呑《ゆの》みとか寝間着とか……」

「いらないよ、べつに」

艶は唇を尖《とが》らせて言い返すと、再びさっさと歩き出した。体重と一緒に体力もかなりの部分失われているはずなのに、そのなけなしの体力を、今、自分の思い通りに行動するということのために無駄遣いしている。

艶が仕度していないのなら自分がそれをしなければならなかったが、その間にどんどん行ってしまうだろう。行き先はわかっていたが、実際そこへ向かうとはかぎらず、そうするとまた艶を探すという仕事が増えるから、松生は仕度のほうをあきらめることにした。自転車を漕《こ》いで追いつき、後ろに乗れと言うと素直に荷台に跨《また》がった。腰に艶の手が巻きつき、それなりの重みが荷台にかかるのを感じながら松生は走ったが、それでも度々後ろを振り返った。昔のこわい話のように、荷台の重みはいつの間にか艶ではないものに変わっているのではないかという思いにとらわれて。もっともその思いは、艶と暮らしてきたこの十年来、常に松生が抱いていたものでもあったが。

病院に着くと艶はめっきり動きが鈍くなっていて、むしろ必要な場所に移動させるのに苦労する、というふうだった。出迎えた看護師と松生とふたりがかりで病室へ入れ、ベッドに寝かせた。二人部屋だったがもうひとつのベッドは空いていた。便秘で入院していた女の子が言い張って一日早く退院した、というようなことを看護師がくどくどと言ったが、いかにも用意していたような説明だった。艶のためか自分のためか、でなければほかの入院患者のために、艶の隣のベッドはきっとずっと空いたままだろう、と松生は考えた。

看護師はそれから、入院に必要なものを何ひとつ艶が持って来ていないことを知って、松生の印象では必要以上に非難がましい表情を彼に向けた。このあとすぐ用意してきますよ。松生は、自分は艶のように捨て鉢になっているわけではないこと、艶を病院へ収容した以上は艶を見張る役割をそちらも分担することになるのだということを、言外に強調しながら答えた。

「仕出し弁当どうなったの」

看護師が立ち去ったあとの艶の第一声がそれだった。横たわって天井を見上げたまま聞いた。

「大丈夫だ」

と松生は答えた。

「大丈夫って、何が大丈夫なの」

「こちらの事情を説明して、わかってもらえた。奥さんお大事にと言われたよ」

「そりゃ、そう言うしかないでしょうけど、この先もう注文来なくなるんじゃない」

「大丈夫だ」

腹立ちのために松生の声は低くなった。中学教師の懇親会用の仕出し弁当の受注をキャンセルしたのは、艶が入院することになったためだが、その当の艶から「もう注文来なくなるんじゃない」と言われたせいではない。仕出し弁当のことにも店のことにも今までまったく無関心だったくせに、今このときに無関心なままの口調で、わざわざそれを口にしてみせるところに、この女特有の悪意を感じずにはいられなかったのだ。

「家に帰って入院の仕度をしてくるよ」

「すぐ戻ってくる?」

すぐ戻ってくることなどわかっている口調で艶がそう聞いたから、松生はさらに腹立ちを募らせた。

「俺が中学校に行ってる間に、おまえが用意しておくと言ったろ?」

「ごめんね」

「ただでさえばたばたしてるんだから、少しは協力してくれよ」

俺は何を言い募っているのだろうと松生は思う。相手は病人で、しかももうがりがりに痩せこけて、死ぬのを待っているだけの状態なのに。

「ごめんねえ」

ちっとも悪いと思っていない口調で、棒読みに艶は繰り返した。

実際のところ松生はひどく忙しく、今していることが終わったら次にしなければならないことを考えていつでも気が急《せ》いていたが、それは艶が病気になるずっと以前からのことでもあった。

そしてその忙しさはすべて艶にかかわることだったから、艶と知り合う以前には自分は毎日いったい何をしていたのだろう？　と考えるほどだった。艶という女は手がかかる女だった、というのとはそれはすこし違う。艶と出会った文字通りの瞬間から、松生は忙しかった。

艶は店に来たのだった。かつて松生が板前として働いていた、彼の妻の生家である日本料理店に、男に連れられてきた。男が一見《いちげん》の客だったことは覚えているが、どんな男だったのか――痩せていたのか太っていたのか、金持ちそうだったかそうでもなかったか、禿《は》げていたか、嫌味な感じだったか、幸せそうだったか不幸そうだったか――はさっぱり記憶にない。そのときのことで覚えているのは艶の顔だけだった。艶は連れの男と会話しながらときどき大きな声で笑ったが、喉元《のどもと》を見せつけるように反り返る姿勢から元に戻るとき決まってカウンターの中の彼をちらりと見た。

そのときから彼は忙しくなった。艶に惹《ひ》かれたという明確な意識はなくて、当時のことを思い返すと、気がつくと忙しくなっていた、というほかやはりないのだ。艶はきっともう一度来るだろうということがわかっていたから、いつ来るのか、誰と来るのか、そうしたらどうなるのか考えることにまず忙しくなった。結局艶が再来したのは——あとから日付を確認してみると、驚くことに——その翌日の夕方のことだったのだが、その一昼夜の間に自分が果てしなく遠い場所へ何かを買い求めに行ったかのような心地が松生はした。

そのときすでに彼はくたくたに疲れていた。艶は開店前の店の中に松生一人しかいないことに驚いたふりをした。前夜忘れものをしたというのが、もう一度ひとりで来た理由だった。艶は前夜座っていたカウンターの周囲を探し、ほかの席の下も探し、小上がりのほうまでぶらぶらと見てまわったあと「ないね」と松生に言った。松生は機械的に頷《うなず》いた。忘れものというのはなんだったのか、松生は聞かなかったし、そのあと艶と関係するようになってからも、もし俺に問われたら何と答えるつもりだったのかとさえ聞かなかった。

それから半年経《た》たないうちに、松生は艶のために妻と娘を捨てるのだが、それすらも「選択」とか「決断」ではなく「多忙」の記憶なのだった。妻と八歳になる娘、老舗《しにせ》料亭の入《い》り婿《むこ》にして花板という立場を、よくもあっさりと捨てられたものだなと、その後幾度かひとから問われた――詰《なじ》るのではなく慰めるようにそう聞いた者たちは、彼が艶の体に溺れたと考えていて、その体とはいったいどれほどのものなのかと聞きたがっているようでもあった――が、彼にしてみれば理由などなかった。それは決まっていたことだった。気がつくと決まっていた。気がつくと、よそに女がいることを妻に話さなければならない（なぜなら妻はもう気づいているから）と考えていて、気がつくと家を出る算段をしていて、気がつくと艶と一緒に住む部屋を探していた。体に溺れたというのは事実かもしれないが、幸福だったという記憶はなかった。気がつくと松生は、艶と、彼女が懸想《けそう》するか、寝ているか、自分のものにしたいと願っている男たちの気配とともに暮らしていて、艶が彼らとともに永遠に自分の前から姿を消してしまわないように、艶を見張り、追跡する日々を送るようになっていた。

医者が病室にやってきたのをしおに松生は病院を出た。

医者は心外そうな顔をした――医者の診療方針や、艶のこれからについて聞く機会を、松生がみすみす放棄したからだろう。松生にしてみれば医者は、少なくとも診察する間だけは自分のかわりに艶をベッドにとどめておける重しのような意味合いしかなかった。医者の見立てには最早《もはや》なんの関心もなかった。どう手を尽くしたところで艶が死ぬことはわかっていたからだ。死なれてたまるものか、と思っていたが、そのこととはべつに、艶が死ぬのは彼の中でやはりとっくに決まっていることだった。自転車を漕ぎ、「レストラン松生」の看板が見えてくると、松生はそれをめずらしいもののように眺めた。出物を見つけ開店準備をしたときの忙しさは覚えているが、その記憶はかつて観《み》た映画とかテレビドラマのようでもあり、店にも家にもいつまで経ってもさっぱり愛着が湧《わ》かなかった。忙しければ忙しいだけ失われていくものがあるようだった。

とくに艶が病気になってからというもの、自分を取り巻くものがどんどん曖昧《あいまい》になっていくのを松生は感じていた。世界が砂のようにさらさらと霧消していくことに歯止めをかけるべく、わざと感傷的になって、この家に艶が戻ってくることはほぼ間違いなくもう二度とないのだ、と考えてみたが、見えるものや思い出されるものがいっそう不確かになっただけだった。どのみち艶はいつもこの家にいなかった。実質的にも始終家を空けていたし、松生と食事をしたり店の仕事を手伝ったりしているときでも、生活とか日常といったものに結びつく生きものの手応《てごた》えは、一匹の猫とか蛾《が》ほどもなかった、と松生は思い返した。

急いで病院へ戻らなければならなかった。俺は何をしに来たのだったか、そうだ艶の入院に必要な道具を取りに来たのだった。松生はそう考えながら家の中――引っ越してきたときの荷物が整理されないまま、その上に以後の暮らしのものがフジツボのように折り重なっている。艶との日々に家の中を整える時間などとうていなかった――に突っ立っていた。何を揃《そろ》えればいいのか突然さっぱり覚束《おぼつか》なくなり、それは病院でもらった「入院のしおり」に書いてあったことを思いだした。

あの紙切れはどこにしまったのだったか。松生は探しはじめた。戸棚を開け、抽斗《ひきだし》を開け、細々したものが詰め込まれ埃《ほこり》にまみれているカゴや空き箱をひっくり返した。しおりなど参照しなくても少し考えればすむことだとわかっていたが、しおりを見つけなければどうにもならないような気持ちになぜかとらわれてしまった。

最後に松生は、艶の鏡台の抽斗を開けた。それは艶が松生と一緒になるときに自分のもとの住まいから運び出してきた唯一《ゆいいつ》の家具で、だから松生にとっては何かいやな感じの、虫が好かない道具でもあったが、結局のところそこへ自分自身を導くために、しおりを必死で探し続けていたのかもしれなかった。

鏡台、と艶に倣《なら》って松生も呼んでいたが、三段の抽斗の上に正方形の小振りな鏡がついた洋ふうの家具だった。買ったときからそうだったと艶は言ったが、木肌が薄桃色にペイントされていて、それを置いてある和室にも家全体にも艶自身にもまるでそぐわない雰囲気があった。もちろん松生は、これまでも——艶の留守中も、艶の目の前でも——この鏡台の抽斗すべてを暴《あば》いたことがあった。一段目には化粧品、二段目には装飾品、三段目には写真や手紙の束、そしてそれらの間に、三段目から溢《あふ》れた、あるいは三段目よりももっと手近な場所に艶が置きたがった、手紙や書きつけや住所録などが散在していることもとっくに知っていた——それらの色やかたちや配置が抽斗の中に作り出す図形をいつでも思い浮かべられるほどに。

松生は一段ずつ抽斗をあらためて、目についたものを抜き取っていった。これまではたとえ艶の目の前でそうするときでも、もとの配置をなるべく変えないようにという遠慮があったが、今はもう何も気にせずに掻《か》きまわした。なぜなら艶はもうここへは戻ってこないからだ。これからまた忙しくなる、と松生は思い、そう思ってはじめて、自分がしていることの意味を悟った。艶がかかわってきた男たちに、艶が早晩死ぬことを知らせようと考えているのだ。どこまで叶《かな》うかわからない、だが、できるところまでやってみよう、と松生は思った。なんのためにそうするのかは考えなかった。それもやっぱりすでに決まっていることだった。

それから松生は、明確な目的のもとにさらにしばらく部屋のあちこちを探《さぐ》ってまわった。そして今日はもうこれくらいでいいだろうと家を出ようとしたところで、家に戻った本来の目的を思い出し、唇を歪《ゆが》めながら、今では容易に思いつくものを鞄《かばん》の中に詰めていった。

2

その日は土砂降りだったが松生は自転車で出かけた。

土手に差しかかったとき、自転車を止め、黒いぶ厚い雨合羽《あまがっぱ》のフードの奥から、水の流れない川を覗《のぞ》き込んだ。

雨がフードにあたって、そのバタバタという音が、間近に複数の人がいて何かを熱心に話し合っているみたいに聞こえた。水かさを増して今日は流れている黒い水の中に、白いものが一瞬浮かんですぐに消えた。気のせいだったのかもしれない。わからない。

気のせいではなく、それがこの前の運動靴だったとして、だからどうなのか。そのことをどう考えればいいのか。それもわからなかった。あの少年の正体がわからないのだから。

中学校は昼休みに入ったところだった。何の連絡もしていなかったので、松生が職員室へ入っていくと、教師たちは胡散《うさん》臭そうに見た。仕出し弁当のことで松生と連絡を取り合っていた三十代の数学教師が、あからさまに困惑した顔で立ち上がった。

「仕出し弁当、やっぱりやらせてもらえませんか」

数学教師の隣の席の、空いた椅子《いす》に掛けて松生は言った。

「そう言われても……」

数学教師は意味もなく笑い返した。参考書や紙束が積み重なった机の余白に、食べかけの弁当箱が置いてあった。たぶん一度かぎりのことだが、この男も艶と寝ていた。松生はそのことを知っていた。懇親会の昼食のことでこの男が相談を持ちかけてきたのは、艶とのことがあったせいに違いない。この学校のほかの教師たちもみんなそのことを知っているのだろうと思っていた。あからさまにはしないが、通りすがりにそれとわかる冗談を投げかけ、この男も笑って答えたりしているのだろう、というような想像すらできた。

「妻が入院したら忙しくなると思ってたけど、考えてみれば病院に入れてしまえば俺がやることはそうないんだ」

松生は職員室にいるほかの教師にも聞こえるようにはっきりと言った。

「しかしどのみち弁当はいらなくなったんだよ。会は昼過ぎからにしたから。そのあとは希望者だけ居酒屋へ流れようということに……」

「酒の肴《さかな》になるような仕出しもできるけどね」

「金、きついのか」

「そういうことじゃない」

松生は言い、「わかった、いいよ」と続けた。金、きついのかと聞いたときの数学教師の、無邪気にやさしげな顔に腹が立った。腹を立てるタイミングがくるっていることは自覚していたが、どのみち艶と出会ってから、彼の回りでは何もかもがくるっていた。

松生は職員室を出たが、すぐには帰らなかった。

正面玄関を通り過ぎ、階段を上った。二階には音楽室と教室が二つある。生徒たちは教室にも廊下にもいた。

こんなにうじゃうじゃいては容易に見つからないだろう、という予想はあっけなく覆《くつがえ》り、松生は間もなく少年を見つけた。片方の教室の窓側の席に座ってマンガ雑誌を読んでいた。動物の仔《こ》のような巻き毛が目印になった。

気がついた生徒たちが不審げに見るのも意に介さずに、松生は教室の入口に立って、長い間少年を眺めた。昼休みにひとりぽつねんとしているようでもあったが、すぐそばの窓辺には男子生徒が四、五人、だらしなく寄り集まって退屈そうにしていた。少年は彼らを従えてひとりマンガを読んでいるようにも見えた。

何かが起きるのを松生は待った。この教室内での——この年頃の生活内での、少年の立場を示す何か。不良なのか真面目《まじめ》なのか、目立つのか目立たないのか、苛《いじ》めっ子《こ》なのか苛められっ子のほうなのか。あのときの運動靴はこのクラスのほかの誰かのもので、少年はそれを盗み出すか奪い取るかして、そうして二度と持ち主の手に戻らないように黒い水底深く沈めようとしていたのか。それとも同様のことを少年が誰かにされて、彼は絶望的な気持ちで、泥水をじっくり吸い込んだ靴を取り戻そうとしていたのか。

だが、何も起きなかった。少年はひたすらマンガに没頭していたし、横に並んだ男子生徒たちはてんでに雨が打ちつける窓を物憂《ものう》げに見やったり、爪《つめ》をいじくったりしてぐにゃぐにゃしているだけだった。双方の関係を示すような交流が何もないということが、何かを示しているようにも思えたが、それをたしかめる前に数学教師が来てしまった。

数学教師のうしろに意地の悪そうな顔をした女子生徒が数人控えていたので、彼女たちが教師を呼びに行ったのだとわかった。いつの間にか松生はたくさんの生徒たちから注目されていた。雨、すごいぞ、と教師はわかりきっていることを、松生ではなく生徒たちに聞かせるように言った。自転車置いていったほうがいいんじゃないか、と。

松生は必要以上にあちこちを歩いたが、雨の間は再び少年を見つけることはできなかった。

梅雨の晴れ間がのぞいた日、松生は浜辺に行ってみた。少年を探して、というのではなくて、この頃は子供と一緒によくそこにいるらしい男に会いに行ったのだった。男はスナック「ＹＯＵ」のマスターで、茅原優《ちはらゆう》という名前だった。

子供は十歳くらいの男の子で、目下「レストラン松生」に泊まっている女が連れてきたのだった。子供の父親は優だという噂《うわさ》だった。女にこちらから声をかけたとき、松生はそのことを知らなかったが、今から思えば先見の明があったということだろう。女の子供の父親が茅原優だというならば、ようするに女も艶に繋《つな》がっているのだ。艶に繋がるものを見過ごすわけにはいかない。

ヒャーッという海鳥に似た声を上げて優が波打ち際《ぎわ》を走っていく。そのうしろを子供が追いかけていく。旗のように両手で頭の上に掲げているのは優のTシャツなのだろう。優は膝《ひざ》のところでちょん切ったジーンズ一枚という格好だ。

優の足元にボールがあり、それは青いバレーボールだったが、優は器用に足先で転がしながら走っていた。子供が優に追いつき、小さな細い脚を懸命にのばしてボールを奪う。優が子供に奪わせたということに松生はちょっと驚く。あの優が。そう思うほど優という男を理解しているわけでもなかったが、女にだらしがない、そのくせ艶にはつれなくしていた男が、この子供にはこんなに易々《やすやす》と父親ふうにふるまうということに、ねじれた怒りを松生は覚える。

子供は優に取られまいとして強く蹴《け》り、ボールは浜辺を遠くまで飛んでいった。目で追ったとき、そこに少年がいることに松生ははじめて気づいた。誰かが砂で上手に作ったエンゼル像みたいに少年は砂浜に突っ立っていた。足元に転がってきたボールを無雑作にぽんと蹴り返し、何事もなかったようにもとの姿勢に戻った。

そういう光景を、松生は堤防に停めた自転車に跨《また》がって見ていたのだった。「おーい」と彼は、そうしようと決める以前に声を放った。おーい。松生が放つ声の中では驚くほど大きな声で、もう一度呼んだが、優は振り向かなかった。振り向いたのは子供と少年だった。

松生は自転車から降り――急いで飛び降りたのでガシャンという音をたてて自転車が倒れた――、浜辺まで駆け下りた。

「君」

どんな音が聞こえてもこちらを見ようとしない優に向かって、そう呼びかけた。おかしな呼びかただとは思ったが、ほかに適当なものが思いつかなかったから。茅原優は口うるさい教師に呼び止められた学生のような顔で松生を見た。子供がリフティングの真似事《まねごと》をはじめたので、駆けていくことができなかったのだ。

「艶は、かなり悪いんだ」

「知ってるよ」

優はぶっきらぼうに答えた。この男がこんなふうにあからさまに反感をむきだしにするのもめずらしい、と松生はあいかわらずねじれた感情とともに思う。艶を除けば俺に対してがはじめてじゃないか。

「艶は、もうすぐ死ぬよ」

ほかに言うべきことがないので松生はそう続けた。

「何だよ、見舞いにでも来いって意味？」

「来ないのか」

「あんたさ……」

優は苛立《いらだ》った声を上げたがあとを続けず、ドライヤーで乾かしたような口調で、

「遠慮する」

とだけ言った。

子供は傍らでぴょんぴょん跳ね、リフティングもどきを続けている。優と松生の会話には何の興味もない、というふうで、この子もかなり変わった子だな、と松生は思う。

突然、徒労感に見舞われて、松生は堤防へと戻っていった。少年のことを忘れたふりをしていた。少年のことを知りたいと思っていたが、それが実際に叶いそうになると後ずさってしまう。たいていのことはそういうものだ、と松生は自分自身に言う。自転車に跨って走りはじめ、ちらりと浜辺を見るともう少年の姿はなかったが、顔を戻すと道の前方にその姿があった。

松生は薄気味悪さを感じながら、自転車の速度を緩めた。少年はあきらかに松生を待ち構えていたのだ。「おじさん」と少年は、まだ変声していないやわらかい声を発して、松生の自転車を止めた。

「おじさんは艶と結婚してるんだ？」

松生の妻の名前を少年はまるでものみたいに口にした。

「妻を知ってるのか？」

「誰だって知ってるさ」

少年はにやにやしはじめた。

「艶と結婚してるのはおじさんだったんだ？」

「だったら何だ」

「べつに。どんな人か見てみたいと思ってただけだよ」

それだけ言うと少年は松生の横をすり抜けて駆けていった。腹立たしく子供じみた唐突さで。

3

そのときの少年の顔を、それから度々松生は思い返した。

にやついたときのめくれあがった唇、きらきらと意地悪そうに光りながらこちらを見つめ返してくる目。それはいかにも良くない子供の顔だったが、実質的に彼は良くない少年なのか、それともあれは、常日頃良くない目に遭わされている少年の、身についてしまった防御の顔だったのかと、松生はまた考えているのだった。

電話に出たのは老女でさっぱり要領を得なかった。艶の母親だが、松生はこの女性にこれまで一度も会ったことがなかった。もちろん、ほかの家族にも。母親が、いわば艶の一族の代表として、電話を通じて、松生と必要なやりとりをしてきた。この十年間それを通した——電話の回数さえ数えるほどで、そのうえ艶本人は決して電話に出ようとはしなかった。結婚するとき、うちの家族には知らせる必要はないと言ったのは艶だったが、家族のほうでも松生から知らされたことを迷惑がっている節があった。

それでも松生の中には老女の姿形についての、かなりはっきりしたイメージがあった。十年の間にそれはきちんと老いてもいた。久しぶりに交わした電話の声は、イメージの変化を大幅に上回って耄碌《もうろく》しているように感じられた。艶が死ぬかもしれない、と松生は思った。娘が消滅することにふさわしくこのひとも衰退しているのだ。

「い・し・だ・ゆ・き・ひ・こ」

その名前を松生はさっきから繰り返していた。

「石田行彦。艶の従兄《いとこ》。あなたのお兄さんの息子さんに、そういう方がいらっしゃるでしょう？」

「行彦が何か言ってきよりましたか」

「そうじゃない。彼に伝えてもらいたいと言ってるんです。でなければ、石田行彦さんの連絡先を教えてください」

「艶はもういけんのですか」

「そうです、それで行彦さんに会いたがっている。連絡だけでも取りたいんですよ」

「艶が死ぬので、行彦が何か言ってきよったんですか」

石田行彦は艶をレイプした男で、艶のはじめての男でもあった。松生が艶から聞いたその話を老母の反応は裏付けるようでもあったが、石田行彦の連絡先は結局聞けなかった。

あるいは石田行彦など、存在しないのではないか。艶のでまかせに老母の呆《ぼ》けが化学反応を起こしただけの会話だったのではないか。松生はそうも考えながら、手帳に記した「石田行彦」の文字を棒線で消した。

病室の臭《にお》いは次第に濃くなっていく。

薬の臭い、排泄物《はいせつぶつ》の臭い、もうずっと洗っていない髪の毛の臭い。死んでいく人間の周囲の臭いが濃くなっていくというのは奇妙なものだな、と松生は思う。艶は鼻と下腹部にチューブを取りつけられて、天井をぼんやり見つめたままもうほとんど動かない。

「石田行彦には知らせたよ」

艶の耳元に顔を近づけて松生は言った。半開きになった唇から漏れる息の匂《にお》いは、この部屋の中ではいちばん薄いくらいだ。

知らせた、というのはもちろん嘘《うそ》だし、艶の母親に言った「艶が会いたがっている」というのも嘘だった。艶は無反応だった。

「茅原優にも会ってきた」

艶の手がひゅるりと伸びてきて、松生の手を取った。艶はその手を上掛けの中に引き寄せ、寝間着の胸元に差し入れた。

「薬、もらって」

小さな濁った声で艶は言った。薬というのはモルヒネのことだった。痛みが耐え難くなったら緩和する手段もありますから、と医者が不用意に艶の前で明かして以来、艶はその薬を求め続けている。

「モルヒネはまだ早いよ」

松生の答えに艶は濁った笑い声をたてた。

「どうしてあなたが決めるの」

「モルヒネを入れたら意識もぼんやりしてくるんだぞ」

「それのどこが悪いの」

「もう……元のように考えたり、喋《しゃべ》ったりはできなくなる」

「どうせ死ぬのよ、私は」

「死なないよ」

艶はまた笑った。あの少年に似た笑いかただった。自分の妻が良くない女だということは、松生はもうとっくにわかっていたけれども。

「薬、薬、薬」

艶は歌のように節をつけて繰り返しながら、松生の手を自分の乳房に擦りつけた。

看護師が入ってきて、処置をすると言うので、松生は病室を出た。ドアの向こうでもうひとりの看護師が待っていた。艶に聞かれたくない話をするために二人の看護師が画策したのだということがわかった。

「そろそろ、必要なところに連絡したほうがいいかもしれませんね」

「やっています」

同意を求める言いかたに反発しながら松生は答えた。

「会いたいかたがたに会っていただいて、そうしたら、モルヒネ。ね？」

「考えておきます」

何が「ね？」だ、と思いながら松生は言った。


艶は死ぬ。

そのことを松生はよくわかっていた。

どうしたって死ぬ。モルヒネを打たずに痛みを我慢させたところで、おそらくあとひと月持たずに死ぬ。

モルヒネを打ったほうが、痛みによる消耗が軽減されて、むしろ長く生きるのかもしれない。それでも松生は、薬によって艶の意識が侵されてしまうのは受け入れられなかった。

看護師たちの中には、今こそ松生が復讐《ふくしゅう》しているのだと考えている者もいるようだった。艶に奪われた歳月の代償に、艶を苦しむままにしておきたいのだと。そうなのだろうか？　松生は自分でも考えてみた。そうではない。ごく明確に、そう思った。それなら逆に、愛情のためかといえば、それも違う。俺はもうあの女を愛していない、と松生は思う。「もう」どころか、最初から愛してなどいなかった気がする、と考える。ただ松生は、艶にまだいてほしいのだった。彼が知っている艶のままで。死ぬことはわかっていたが承服はしていなかった。それは艶へのシンパシーではなく自分自身の問題であるようだった。艶の死は艶が次々に作る新しい男に似ていた。死ぬことは決まっている、どうにもならない、だが認めることはできない。

松生は目をこらした。家の前に立っているのはあの少年だった。「レストラン松生」の看板の下に、狸《たぬき》の置物か何かのようにあたりまえに立っている。

「こんちは」

と少年は、自転車を降りた松生に言った。

「艶の看病に行ってたの？」

あいかわらず艶を呼び捨てにする少年の口ぶりは、艶がすでに松生と少年との共有物であるかのようだった。

「ジュースでも飲むか？」

少年との関係を正常なものにしたいという気持ちから、松生はそう言ってしまった。少年は当然だという顔で松生について家の中に入ってきた。

松生がオレンジジュースの瓶とコップを持って厨房《ちゅうぼう》から出てきたときには、少年は玄関横の座敷から勝手に奥の部屋へ移動していた。艶が元気だったとき、よその男を追いかけてどこかへ行っていないときには、松生と一緒に寝ていた寝室に。散らかりすぎていて奇妙に静かに感じられるその部屋に、少年は易々《やすやす》と馴染《なじ》んでいた。まるでがらくたのひとつ、舞い降りてきた綿埃《わたぼこり》のひとつみたいに。

少年は頓着《とんじゃく》なく、畳んで片隅に寄せてある艶の布団《ふとん》を背もたれにして座った。投げ出した足は敷きっぱなしの松生の布団の上だった。ジュースをコップに注ぎ、まだ半分ほど入っている瓶を布団の上に無雑作に置いた。こぼされたらかなわないので松生が瓶を取りあげに行くと、「ここで寝てたの？」と少年は聞いた。

「そう」

寝た、という言葉が意味を持たないうちに松生は頷《うなず》いた。

「ふーん」

少年は辺りを見渡した。目を輝かせて、ものめずらしそうに——退屈させられてたまるものか、という意思をあらわにした顔で。

オマエは学校で苛《いじ》められてるんじゃないのか？　無視されたり、靴を隠されたりしてるんじゃないか？　それともオマエがそういうことをするほうか？　松生は今こそそれをたしかめようと思った。少年の態度に似つかわしい、無遠慮な言いかたで。だ

がその言葉が口から出るより先に、

「どうして艶と結婚したの？」

　と少年が聞いた。

「なぜ知りたいんだ」

　松生は言った。

「みんなが知りたがってることじゃないか」

　あいかわらずの生意気な口調には、夏休みの自由研究をやり遂げようとするときのような幼気《いたいけ》な熱心さも少なからず混じっていた。でもその部分は演技かもしれない、それがこいつの手なのかもしれない。

「そのときは、そうしたかった」

　松生は答えた。

「ふーん？」

　失望したような少年の相槌《あいづち》に押し出されるように、「宇宙人だったのかもしれない」というまったくばかげた言葉を松生は継いだ。

「結婚したりしちゃ、いけない女だったんだろう。僕はずっと罰を受けていたんだろうね」

ざまあみろ、と松生は胸のうちで少年をせせら笑っているのだった。オマエがいちばん期待していない答えがこういうものだろう、と。

少年は舌をめいっぱい伸ばして鼻の頭を舐《な》めようとするような仕草をした。

「何か、ほかにないの」

「ないよ」

「ポテトチップとか、煎餅《せんべい》とかさ」

ジュース飲んだらよけい腹減ったよ。少年は布団に身を投げ出すと猫のようにのびをした。

4

商売をはじめるなら必要だろうと考えて購入し、だが結局松生自身はほとんど活用することがなかったパソコンは、艶の男ぐるいの道具になった。

インターネットに接続しメールアドレスを取得したのは松生だが、お膳《ぜん》立《だ》てされているのだから利用しなければという具合に、艶はそれらを使って出会い系サイトで男を漁《あさ》ったのだ。メールソフトを開くとその軌跡が易々と辿《たど》れた。埃を被《かぶ》ったようなパソコンを起動させるのは松生がいないときを狙《ねら》っていたようだが、ほかの男のとき同様にさして隠す気もなかったのだろう。

実際のところ艶が旺盛《おうせい》に動きまわっていたときには、松生にはパソコンの中までたしかめる余裕はなかった。怪しんでいないわけではなかったが、どのみちそこで起っていることとの結果は艶の行動にあらわれるのだから、そちらを追うことに専念していた。そうして病気によって艶の動きが封じられたときはじめて、パソコンを開いてみると、そこにはもうひとつの世界があって、艶が送受信したメールがまるでもうひとりの艶のように、生き生きと動きまわっていたのだった。

松生が興味を持ったのは——先に立ったのが不審や不快ではなくまぎれもない興味だった自分に我ながら呆《あき》れたが——、その男と艶はメールをやりとりしていただけで会った形跡はない、ということだった。むしろそのことが松生を不快にした。そんなはずはない、艶は度々島を抜け出したのだし、本土のどこかでこの男と逢《あ》い引きしていたはずだ。その証拠を探して松生は、艶が男に宛《あ》てた、そして男から艶に返ってきた、情感がじゅくじゅく滴《したた》るような、欲望がぷんぷん臭うようなメールを幾通も読んだ。

最後のメールは三年前、艶から男への、唐突な決別の通告で終わっていた。病気になりました。もうメールしません。さようなら。それ以降、艶はパソコンを開きもしなかったようで、松生がソフトを開いたことで自動的に受信が開始されると、サーバに残っていた相手の男からのメールが数通ダウンロードされた。艶の病状を知りたがり、未練がましく復縁（？）を訴えるメール。慌《あわ》てたのか、それとも自分の誠意を示したつもりだったのか、それらのメールの中で男ははじめて自分の住所氏名、電話番号を明かしていたから、松生はそれを控えた。そうしてまたいちだんと忙しくなった。

艶はもう眠っている。

痛みがいよいよ耐え難いものになってきて、モルヒネを入れることに松生も同意せざるをえなかった。

苦痛による皺《しわ》や歪《ゆが》みが消えて、艶の顔は紙のようになった。呼吸は浅く速かったが規則正しく、それが乱れてきたなと思うと目を開けた。

目を開けて、眼球だけ動かして辺りを見た。まだ死んでいないことを意外に思っているような顔に松生には見える。たまに喋った。ほとんど意味をなさないことを。小籠包は船から海に捨てたよ、といつかは言った。焦点の合わない目で、宙に向かって喋るのに、ショーロンポーという言葉をそれとわかるようにはっきりと発音した。本当は頭がはっきりしているのに、目を覚ましたくないからわざとでたらめを喋ってるんじゃないか。俺というより自分の脳をだますために。松生はそう考えてみたりした。それは艶とメールのやりとりをしていた橋川仁史《ひとし》の妻が病室に来た日の夕方のことだった。

モルヒネを入れはじめる日は医者から予告されていた。六月十五日、午前十時、と時間まで決まっていた。まるで死刑執行じゃないかと松生はまた反発を強くした。じつのところ彼の怒りの大半は、この世から消えていく段階を自分の意思でまた一歩進めた艶へ向かうものだったけれども。

そのときに立ち会ったのは、医師と看護師のほかは松生だけだった。松生はその日朝八時頃から病室にいたが、「執行」の時刻まではできるかぎり艶と二人きりになれるように配慮されていた。松生にとってはひとりきりも同然だった——艶はもう薬で楽になることしか考えていない様子だったから。

そのことでも松生は病院関係者を恨んだ。いったいあいつらは俺と艶とのどんな情景を想像したのか？　彼らが想像したに違いない——そしてもしかしたら、ナースステーションで最中《もなか》でも食いながら話の種にしたかもしれない——艶との最期《さいご》の情景は松生の頭の中に逆流してきて、よけいな期待が芽生えた。今までずっと艶から聞けなかったこと、見せてもらえなかった表情や仕種《しぐさ》が、今こそ艶から与えられるのではないかと——それがどんなものかは皆目わからなかったのだが。

しかし艶は、まるでそっけなかった。十時がすぐにやってこないことに苛立《いらだ》っていて、それは松生のせいだと思っているかのようだった。艶、と松生が呼びかけても返事をせず、何度か呼びかけてようやく、何？　とうるさそうに顔を向けた。艶。それ自体が用件であるかのように松生は繰り返した。ほかに何を言えばいいかわからなかったから。艶。艶。艶。気がつくと松生は期待することをやめていて、呼びかけは彼自身のための覚え書きになった。ひとつひとつの呼びかけに、松生は艶への自分の感情を数えた。呼びかけるたびに前の感情が裏切られて、幾度呼んでもきりがなかった。

やがて医者が来て、艶の腕に取りつけられた点滴チューブの先をモルヒネの瓶に嵌《は》め込んだ。二人の女性看護師が巫女《みこ》のように医師の両側に立って、これでずっと楽になりますよ、よく眠れますよ、もう大丈夫、よかったわねえと囀《さえず》った。そのとき艶の唇に薄い微笑が浮かんだことに促され、艶、と松生はもう一度呼んだ。はあん、と艶は今回入院してからいちばんの上機嫌な顔で溜息《ためいき》を吐《つ》いた。目を閉じ、喉元《のどもと》を見せて、ああ、いい感じ、と呟《つぶや》いた。ああ、ああ、いいわ、いい感じだわ。看護師たちがぎょっとしたように目を見交わし、それはよかった、と医者は判子でも捺《お》すように急いで言った。

まったくふざけた女だった。艶が俺に最後に知らせたかった唯一《ゆいいつ》のことがあるなら、自分はふざけた女である、ということだったのだろうと松生は思った。


松生はまた少年を探しはじめた。

正確に言うなら、あの少年の噂《うわさ》を探した。艶が眠ってしまったから、そうするよりなくなった。

ある日突然、見知らぬ人から「子供」のことで詰《なじ》られた。遠回しの中傷だったから――たぶんこれがこのひとにとって、誰かを中傷するはじめての経験なのだろう、と松生は感じた――、言っていることがよくわからなかった。そのあと数人から通りすがりに何か言われたり、何か言いたげな目で見られたりしたとき、あの少年にかかわることなのだろうと松生は勘違いした。中学生たちの近くをうろついて耳を澄ませていることが誤解されているのだと。だが実際には、松生がうろついている間に、彼の家に泊まっている女の子供、茅原優の息子であるらしい子供が行方不明になっていたのだった。子供が見つかったあとで、自分が誘拐犯もしくは殺人犯として疑われていたことを知る、という有様だった。

とにかく松生はあいかわらず忙しかったのだ。少年のこと以外でも、電話がかかってきたり、本土から客が来たりしていたから。ようするに自分が忙しく撒《ま》いた種の幾つかが育って、さらなる忙しさを呼んだ、ということに違いなかったのだが、この多忙は艶のせいだとしか松生には思えないのだった。結局のところ、彼の人生に起きるすべてのことは艶のせいなのだ。

またある日、艶の病室がある階へ松生がエレベーターで上がってくると、隣のエレベーターにちょうど乗り込もうとする女の背中が見えた。あっとひらめくものがあり急いで降りたが、女のほうでも急いで扉を閉めたようで、そのことによって松生は確信を強くした。

艶の病室へは行かず、五階から一階まで松生は階段で下りた。体力的に駆け続けることはできず、次の下りエレベーターを待ったほうが早そうだったが、それは無意識の追いつかない努力だったのかもしれない。病院玄関を出ると、女はタクシーに乗り込むところだった。松生は自転車で車を追った。途中で見失ったが、行き先が飛行場であることはわかっていた。

松生は漕《こ》ぎ続けた。どうしたって追いつかないことはわかっていたので、残っている体力を安心して振り絞った。女が島へやって来たことには驚いていたが、女に艶の死が伝わるように仕向けたのは自分自身だった。そして今、追いつかないように追いつかないように、懸命に追いかけている。俺は何をやってるんだ、と松生は思うが、その自問自体にすでに意味のない鼻歌みたいな響きがある。

飛行場へ着くと、松生は中へ入らずにガラス張りの壁に貼《は》りついた。女はロビーに座っていた。入口、つまり松生のいる側から見ると横向きで、観葉植物の向こうに、ぼんやりした色柄のスカートに包まれた膝《ひざ》と、横顔の鼻から上が見えた。そういう位置関係は女の計算ずくであるように思えた。奥の搭乗者専用の待合室に逃げ込まず、入口から見えるところに留まっていることも含めて。だがもし松生が建物内に踏み込めば、奥の部屋へ立ち去ってしまうだろう。

松生はじりじりと女を見つめた。松生がそうやって見ていることはわかっているに違いないのに、女は決して松生のほうを見なかった。汗がだらだら流れて、六月の蒸《む》し風呂《ぶろ》のような暑さに取り巻かれていることに今さら気づいた。松生はただ待っていた、今はそのほかに何もしていないのに、あいかわらず忙しさにまみれ、焦《あせ》りながら。やがて搭乗アナウンスがあり、女は立ち上がった。女が――かつて妻だった女が、今度こそ自分の視界から消えていくのを、松生はじりじりしながら見送った。

5

艶が死んだのは六月の最後の日だった。

それまでは日に何度か目を覚ましていたのがまったく目を開けなくなって三日目、梅雨の晴れ間の、じっとりした陽が差す午後二時五十四分。松生は忙しくて死に目に会えなかった。

松生はぼんやりしていた。彼が理解できたのは医師が艶の臨終を告げた、という事実に過ぎず、艶の死の実感が摑《つか》めなかった。死に目に会わなかったから、艶が死んだことが信じられなかった、というのではない――実際のところ、忙しがって死に目に会わなかった、のだとしても。艶が死ぬことをわかっていたように、艶が死んだこともわかっていた。だが、自分にとってのあの女の死は、実際のところいつだったのだろう？

モルヒネを入れたときだろうか。ベッドの上から動かなくなった、という意味では、今回の、最後の入院の最初の日だったのか。それとも病気がわかった日か。体調がすぐれなくなりよく寝つくようになった頃の、眠るためでもなく男と交わるためでもなく自分から布団《ふとん》に横たわった最初の日か。

わからなかった。なぜなら松生にとって、艶の死というのはあらゆる意味を持っていたから。いつ死んだのかわからないということは、まだ死んでいない、ということにもなりはしないか？　とうとうそんな考えが浮かんだ。松生は途方に暮れた。艶が死んでも（医者がそのことを保証しても）まだ何も終わった気持ちにならない。終わりはいつかは来るのか？　松生は震えた。終わりが来るのも、終わりが来ないのも同じくらい恐《こわ》かったから。


通夜《つや》はその日のうちに営まれた。

病院から連れ帰り、布団に寝かせた艶の傍らでぼんやりしていたら、まったく見知らぬというわけではないがあまりよくは知らない数人がぱらぱらとあらわれて、焼香の用意をしてくれた。

彼らは松生の世話を焼いたというよりも、自分たちのためにそうしたのだろう。あの艶の通夜に参列した、という記憶を残したかったのかもしれないし、あるいは――彼らが発した労《いたわ》りの言葉の習熟した響きや滑らかさからすれば――誰かが死んだことを知った以上は通夜に参列する、と決めている人たちだったのかもしれない。

いずれにしてもその人たちは、その種の儀式につきものの妖精《ようせい》か妖怪のように、あっという間にあらわれてあっという間に消えていった。線香の香りのたゆたう座敷で松生は再びひとりになった。一度だけ電話が鳴り、かけてきたのは中学教師で、あとで行くと言ったが、結局あらわれなかった。松生は彼を待ったりはしなかった。待っていたのは彼が知らせた、あるいは知るように仕向けた男たちだった。艶と寝た男たち。

彼らが今ここにいないのは不公平である気がした。彼らは今どこにいるのか。そうして彼らの中の艶は今どこにいるのだろう？

艶が死んだのは土曜日だった。松生がそれを認識したのは、次の日の朝、少年がやってきたからだ。

呼び鈴で起こされ、時計を見ると午前八時を少し過ぎたところだった。格子戸《こうしど》を開けると少年がしたり顔で立っていた。

制服のズボンの上に、その朝はTシャツを着ていた。黄色地に、醜くデフォルメされた偽物《にせもの》のミッキーマウスが笑っているTシャツ。学校はどうした、と松生は聞き、日曜日だよ、と少年は答えたのだった。

「艶、死にましたよね？」

少年は奇妙な敬語を使って確認した。

「おいたわしいです」

そういう挨拶《あいさつ》をどこかで教わってきたのか、それともふざけているのか、松生にはやはりわからなかった。わかったのは、少年が艶を見に来た、ということだけだった。

それで、松生は少年を家に上げた。艶が横たわっている隣にはさっきまで松生が寝ていた布団がまだ敷いてあり、その光景に少年はある種の感銘を受けたようだった。

奇妙な弔問の挨拶は覚えてきても焼香の作法は知らないらしく、艶の枕元《まくらもと》の線香に向かって立ったままぱんぱんと拍手《かしわで》をうつと、やや臆《おく》したように部屋の入口の松生のそばまで戻ってきた。

「悲しいですか」

もうしばらく艶を眺め続けるためには何か言わなければならないと思ったらしく、外国人のような口調で少年はそう言った。その答えが松生にはわからなかったので、黙って部屋をあとにした。買っておいたものの箱を取ってきて、「ほら」と渡した。

少年は怪訝《けげん》そうにそれを開けた。白い運動靴があらわれると、「何これ？」と松生を見上げた。その表情を検証しながら、

「やるよ」

と松生は言った。

「この前、川に落としてただろう」

どのようにもとれる言いかたをした。この前？　少年は運動靴をひっくり返しながら言う。

「半月くらい前だよ。学校のそばのゴミ捨て場になってる川原で。おまえ、靴を釣ってただろう」

「はあー？」

少年は顔も上げずに感じの悪い声を放った。

「これ、サイズが小さいよ」

「川に落ちた靴をいじくってただろう、釣《つ》り竿《ざお》で。あれはおまえの運動靴じゃなかったのか」

「何言ってんのか意味わかんね」

少年は嘲《あざけ》る笑い声をたてたが、その表情はどこか戸惑ってもいた。ほんとうにわからないのか、ではあのとき見たのはこの少年ではなかったのか。いやだまされるな、当惑した表情こそ、こいつの性根の悪さをあらわしているのかもしれないのだ。

サイズが合わない運動靴で何をしようというのか、靴紐《くつひも》をいじくりはじめた少年を、松生はなおも凝視し続けるしかない。

解説

行定勲

夫の嘘《うそ》を知りながら、沈黙し続ける妻の意地。真珠入りの男に火がつく、若い女の期待。夫に自殺され、とり残された妻の失望。恋人に疑惑を抱きながらも、しがみつく女の悲哀。女と駆落ちをした夫に捨てられた元妻の寛容。そして、不貞の限りを尽くした危篤《きとく》の妻を看病する、献身的な夫の苦悶《くもん》。

深刻なはずの男と女の修羅場はなぜか渇いていて、本音を曝《さら》け出すことなく、静かに飲み込んだまま、じっと相手を見つめ続ける。その情念が女のなまめかしさを醸《かも》し出させ、輝かせる。

『つやのよる』は一筋縄ではいかない男女を描いた傑作小説である。

描かれる人間関係のもつれや性の在り方は生々しい。削《そ》ぎ落された無駄のない文章から匂《にお》い立つ欲望は時に官能的であり、時に滑稽《こっけい》で私を魅了する。ここにある愛は曖昧《あいまい》で歪《いびつ》。ロマンチックとはほど遠いものだが、私には共感できる男と女のどうしようもなさがあった。

これこそが〝井上荒野ワールド〟だ。

愛に背かれた女たちは〝良い闇《やみ》〟を持っている。闇のある女たちは面白い。闇は奥行きがわからないところがいい。そこに光をあててはいけない。だからこそ、読み手は行間に手を伸ばしその奥を探ろうとする。手探りで……ごつりと歪な何かにぶつかる。その嫌な異物感がこの小説ではちゃんと描かれる。

こういう小説は映画になる。


七つの章から成るこの小説は、〝艶《つや》〟という名の妻を看病する夫の松生《まつお》が、艶と関係をもった男たちに危篤の報を告げることで起こるさざなみを描いている。これは大人の群像劇になる。しかも、今までにない新しいかたちの群像劇を作ることができる小説だと思った。

大人たちの些細《ささい》な日常に見え隠れする人間模様。『つやのよる』は大人の為の映画が作れると踏んだのだ。

この群像劇を映画ではどのように描いていくか。まず、松生と艶を中心に考えてみた。

艶は浮気、不倫、ストーカー、略奪、と女性の敵のような天晴《あっぱれ》な女だが、男を惹《ひ》き付ける魅力があるというのだから一体どんな女なのかと興味を抱かずにいられない。「いろいろあった女だから」と最初の夫はつぶやき、「やっかいな女だったんですよね」と現在の夫にも言わせる訳ありの女……。迷惑千万な女は、周囲にいなくなって欲しいと疎《うと》まれている。

〈妻も子もいる松生を奪って島へ連れてきた艶。だが島にも松生にも早々に飽きた艶。港のスナックの若い男にくるってストーカーしていた艶。そうでないときは松生の金を引き出しから無雑作に摑《つか》み取って東京本土へ男を漁《あさ》りに出かけていた艶。〉

と、めちゃくちゃなこの女には愛も絆《きずな》もありゃしない。

過去に艶と関係を持った男たちも愛に真摯《しんし》に向き合うことはない、艶と同じ穴の狢《むじな》だ。夫の松生はそんな彼らに復讐《ふくしゅう》するかのごとく毒を撒《ま》いてゆく。真っ先にそんなイメージが私の脳裏に強く浮かんだ。その行為は松生にとって、艶への愛を実証することでもある。松生は愛のテロリストなのだ！

何事もシリアスに大真面目《おおまじめ》に取り組むということは往々にして、端から見れば滑稽に感じたり、奇妙に映るものである。松生春二は、情熱を滾《たぎ》らせて、大真面目に艶のことを愛し抜く。現代の軟派な男たちは松生を狂っている馬鹿《ばか》な奴《やつ》だと鼻で笑うかもしれない。しかし、女たちは誰も松生のような男を責めない。むしろ、同情するのではないか。松生の愛し方をみていると、この偏愛こそが純愛なのではないのかとさえ思えてくる。

「狂った愛を手向けられるなんて、素敵」とうっとりする女もいたって不思議ではない。

恋愛関係が希薄な世の中に、この松生という男は愛の本質を問う存在なのだ。

この小説の面白いところは、松生の毒を喰らった男たちを直接描くのではなく、男たちを見つめる女たちを描いているところだ。

ここに登場する女たちは艶という存在に恐怖や脅威を感じたり、憧憬《しょうけい》したりする。自分の男と艶の関係を想《おも》いあぐね、艶を知ることで人生の鍵《かぎ》を得る。その鍵を握りしめ女たちは佇《たたず》む。艶をきっかけに自分の人生を見つめ直す女たちの姿が描かれるのだ。

〈夫を薄情だと思い悲しくなったり腹を立てたりしたのは結婚して数年の間だけで、行彦《ゆきひこ》がそんなふうに平気で無関心になれることを、今は環希《たまき》はむしろ好ましく感じる。〉

艶の従兄《いとこ》の妻、石田環希の、夫との結婚生活は既に愛を枯渇してしまっている。しかし、艶危篤の連絡を受けた夫の態度に疑惑を抱く。伝馬《てんま》愛子という女の影を気にしていないふりをし続ける環希の態度には、彼女なりのプライドが垣間見《かいまみ》える。しかし、彼女は沈黙したまま夫を見つめているだけだ。
私はそこに女の恐《こわ》さを見る。男には気付かれない最も恐い女の姿を。

〈はじめてのときがいちばんわくわくする。今度こそ何かすばらしいことが起こりそうな気がするのだ。でもいつも何も起こらず、それは終わってしまう。ただ寝た男だけが増えていく。〉

艶の最初の夫の愛人、橋本湊《みなと》は艶と同様、男をとっかえひっかえする女だ。しかし、彼女は男好きの艶とは少しちがう。カラダダケノカンケイと割り切っている。湊にとって男と寝ることはただの慣例であって、「アイシテル」とは違う。艶の最初の夫である太田とも最初は「真珠入り」に興味を抱き寝たのだが、彼だけは少し違っていた。太田が艶のことを語る度に嫉妬《しっと》のような感情がなぜか生まれていく。そこに愛の萌芽《ほうが》を垣間見せるが、湊は成就《じょうじゅ》させることなく終わる。
セックスを生きるためのツールとして考える湊に、私は愛の存在に期待していない現代女性のある在り方を感じた。

〈自分の人生の目方みたいなものは、死ぬまで知らないほうがいいのだと、サキ子は決めていたのだった。〉

艶の愛人だったかもしれない男の妻、橋川サキ子は、現実から目を逸《そ》らしてきた女だ。三十二年連れ添った夫は彼女を残して自殺した。喪失感から動けずにいた彼女は松生によって艶の存在を知らされる。妻に飽きられた松生と夫に取り残されたサキ子には奇妙な化学反応が生まれる。お互い伴侶《はんりょ》に裏切られた者同士の気持ちが重なる場面は切ないというよりむしろ滑稽だ。しかし、サキ子は夫の死の動機に踏み込めないまま、元の生活に戻っていく。

年老いても女は女である。サキ子の姿にそう感じた。興味深い女の心理がここでは描かれている。

〈本当の言葉が聞きたい、というのが百々子《ももこ》の願いだった。本当の言葉だけが聞きたい。とすれば優《ゆう》との会話は自《おの》ずと避けるしかなくなる。〉

艶がストーカーしていた男の恋人、池田百々子は目の前の愛を失うことを恐れている。そのせいで相手を束縛できず、理解あるふりをする。

恋人、優に依存している百々子は、艶を愛し抜く松生に共感を覚える。しかし、松生のように狂ったように献身的にはなれないまま、いつか離れてしまうかもしれない優のことをただ見つめているだけだ。

男に言いたいことも言えない、鬱屈《うっくつ》する女の愛の不毛。ある種の痛い女であることは間違いないが、耐える姿はどこか切ない。

〈母親をこのバーに連れてきたのは、たぶん彼女のことをリトマス試験紙の上に垂らす薬品のように思っていたせいだった。安藤教授とはじめて寝た日に連れてこられたこの店に母親を投じれば、化学変化みたいなことが起きて、自分でもさっぱり摑みきれない自分の心の中の何かひとつくらいは浮かび上がってくるんじゃないかと期待したのだ。〉

艶のために父親から捨てられた娘、山田麻千子《まちこ》は、松生に捨てられる原因になった艶の容態を心配する母親の寛容さが理解できない。そんな麻千子は、女学生食いの大学教授と関係を持つ。しかし、愛が何なのかわからない。むしろ、この少女は、曖昧で複雑な父と母それぞれの愛の在り方を理解しようともしないのだ。

麻千子の母はというと、自分たちを捨てた夫とその原因を作った艶が一緒に写っている雑誌の切り抜きを額に入れて飾り眺めている。松生がまるで愛を全《まっと》うしようとしているのを祝福しているかのようだ。艶を嫌いになれずにいる彼女の複雑な心理は容易には理解できないが、そこに女の深さと不思議な魅力を感じずにはいられないのだ。

このように、『つやのよる』は女の多面性が章ごとのキャラクターに見事に昇華されている。女の愛憎はいろいろで解《わか》らないことだらけだ。小説に描かれる愛のカタチは複雑で曖昧である。その愛はそれぞれの人生にただ横たわる。主人公たちは容易《たやす》く愛の実態を摑むわけでもなく、都合良く吹っ切ることもないし、愛によって成長したりもしない。

井上荒野の小説に嘘はないのだ。

様々な女に内在する本音が暴《あば》かれる。それを観た女性は共感し、男性はそれを知ることで女の本質を少しだけ理解できる。明確な答えが用意されていなくても観た者が感じ入る、そんな感情を煽《あお》る映画があってもいいと思った。

愛に苦悩し、ボロボロになる一人の男と艶という悪女に翻弄《ほんろう》された六人の女の話が面白くならないわけがない。
だから、この小説は映画になる。

（二〇一二年十月、映画監督）

この作品は平成二十二年四月新潮社より刊行された。

つやのよる

新潮文庫　い－79－6

平成二十四年十二月　一日　発　行
平成二十五年　一月二十日　三　刷

著者　井《いの》上《うえ》荒《あれ》野《の》

発行者　佐藤隆信

発行所　株式会社新潮社
郵便番号　一六二―八七一一
東京都新宿区矢来町七一
電話　編集部(〇三)三二六六―五四四〇
　　　読者係(〇三)三二六六―五一一一
http://www.shinchosha.co.jp

価格はカバーに表示してあります。

乱丁・落丁本は、ご面倒ですが小社読者係宛ご送付ください。送料小社負担にてお取替えいたします。

印刷・大日本印刷株式会社　製本・株式会社大進堂

ISBN978-4-10-130256-0 C0193